La cité des fleurs fanées

Mars 2008

Rue de l'Ouvrage, 18
B-5000 Namur

Couverture : Guy Servais.
Première édition : Memor, 2005.

D/2008/3712/42
ISBN 978-2-915394-39-9
Imprimé en Belgique

Éric Dejaeger

La cité des fleurs fanées

roman

Mijade
zone J

Lettre de l'auteur

Madame, Monsieur,

Avant toute chose, je me dois de vous signaler que je ne suis pas un littérateur. Le manuscrit que je vous adresse n'est pas un roman : il s'agit de la chronique de ma première année scolaire en tant que professeur de français. Récit partiel, en fait, de ce que j'ai vécu avec – et sans – mes élèves. J'ai consacré la quasi-totalité de mes vacances à le coucher sur papier avec l'aide de mes élèves qui en ont fourni la partie la plus importante, car il s'agit de leur aventure tout autant que de la mienne. Ma contribution a surtout consisté, finalement, à tresser le fil conducteur.

Si jamais vous deviez retenir ce manuscrit pour publication, j'insiste déjà sur la présence de la mention suivante : « Toute ressemblance avec des personnes ou des faits existants ou ayant existé ne peut être que purement fortuite. » Mensonge dont, le cas échéant, je vous saurais gré. J'ai bien évidemment changé le nom de tous les protagonistes.

En vous souhaitant une bonne lecture de cette première tentative d'écriture, je vous prie d'agréer, Madame, Monsieur, l'expression de mes sentiments distingués.

Francis Bartin

PS – Si nécessaire, ce manuscrit est disponible sur CD-Rom.

À mes anciens élèves…
ceux qui lisent se reconnaîtront.

Aux futurs enseignants
comme leçon déjà préparée.

Première partie

Un mois de septembre agité

1. *Journal d'Hermeline*

Ça y est : je me lance !

Depuis la rentrée, monsieur Bartin, notre nouveau prof de français, nous parle des nouvelles technologies en communication et de journaux intimes. Drôle de mélange ! Le portable et les SMS, il est pour ! Les e-mails et le chat, il est pour ! Mais il trouve que le journal personnel reste le seul moyen que nous ayons de communiquer avec nous-mêmes. Aujourd'hui, il nous a proposé de sauter le pas – sans obligation – en commençant notre propre journal. Bert lui a tout de suite demandé :

– Comment pourrez-vous savoir si oui ou non un élève a suivi votre conseil ?

– Qui a dit que je chercherais à le savoir ? Il ne s'agit pas d'un travail scolaire ou d'un devoir. Que vous le fassiez ou non a peu d'importance pour moi. Mais si vous le faites, ça en aura pour vous.

J'ai levé la main.

– Oui, Hermeline ?

– Vous tenez un journal intime ?

– En me posant la question, tu connais la réponse.

Aujourd'hui, avant de rentrer, j'ai fait un petit détour par une papeterie où j'ai acheté le plus beau cahier de la boutique. Et me voici en train d'y écrire ma vie ! Grave, non ? L'idée de monsieur Bartin m'emballe vraiment. Le chat, j'adore. C'est génial pour papoter et déconner. Mais pas pour raconter ses secrets. Sans quoi, deux heures après, toute la planète est au courant.

Monsieur Bartin est un professeur débutant. Il nous a dit qu'il venait de terminer ses études et que c'était sa première désignation. Pour notre devoir numéro 1, il nous a demandé de nous présenter de manière originale. Bert a obtenu 19/20 avec son poème en alexandrins – je ne sais pas où il va chercher tout ça, le Flamand ! – mais j'ai tout de même eu 17 et, maintenant que j'ai commencé ce journal, j'ai envie de conserver ce texte…

Je m'appelle Hermeline Marcœur. Un prénom et un nom pas évidents. Le jour de la rentrée, notre titulaire y a fait bêtement allusion :
– Marcœur en option Art !
Et j'ai répondu du tac au tac :
– Pas avec le Q qui vous intéresse. Ça s'écrit comme le muscle qui vous fait défaut !
– J'entends que mademoiselle a du répondant ! J'espère que vous en aurez aussi lors des contrôles…
C'était bien parti dès le premier jour !
Mes nom et prénom, je les porte depuis bientôt quinze ans. Mon prénom, je le dois au Roman de Renart *: c'est ainsi que se prénomme l'épouse du goupil. Mes parents sont séparés et j'habite avec ma mère. Elle est caissière chez Carrefour. Mon père est employé communal et je passe un week-end sur deux chez lui ainsi que la moitié des congés scolaires. Rien d'anormal donc dans ma vie familiale qui n'est pas comme celle des quatre ou cinq élèves de la classe qui vivent en permanence avec papa et maman. LOL !* [Monsieur Bartin a entouré LOL et a écrit dans la marge : « Parlons français ! Dorénavant, utilise l'acronyme JMM »]

À l'école, j'ai des résultats corrects – jusqu'ici ! – sans être considérée comme une intello. [Note de monsieur Bartin : « Pour le moment, il semblerait que les intellos gardent plus facilement leur emploi que les métallos… »] *Mes cours préférés sont le français* [« Tiens donc ! »], *le dessin et la gymnastique. J'ai choisi l'option Art car j'adore dessiner. Plus tard, j'aimerais devenir dessinatrice de bédés. J'ai déjà pas mal de planches cachées dans ma chambre. J'écris les scénario (ou vous préférez « scénarii » ?)* [« Je préfère, de loin, scénarios ! »] *avec Bert Verplaen. Les cours que j'aime le moins sont mathématique et science mais j'ai toujours fait tout ce que je pouvais pour réussir dans ces deux branches. Peut-être que cette année, en math, ça va être très difficile.* [« Ne juge pas un professeur sur une remarque cynique ! D'autres auraient pu très mal réagir à ta réplique… excellente ! »]

Durant mes loisirs, je dessine, je lis et… je passe beaucoup trop de temps à chatter. L'an dernier, avec d'autres de la classe, on s'est créé une chatroom sur MSN. Il y a des moments où ça chauffe vraiment !

J'habite la Cité des Fleurs, ce quartier en banlieue dont toutes les rues portent un nom de fleur. La mienne, c'est la rue des Jonquilles. Malgré son nom, c'est un moche quartier. Toutes les maisons sont identiques, accolées deux à deux, et toutes les rues se ressemblent. Je me suis un jour amusée – c'est vous dire à quoi on joue ici ! – à les parcourir toutes et à compter les maisons : trois cent douze, soit cent cinquante-six blocs de deux, tous pareils. Au « beau » milieu de tout cela, le seul endroit un peu animé : le Carrefour (le « fourre-cars » comme l'appelle Bert), où maman travaille. À part ça, rien. C'est le bled de chez désert, comme dit Ishak. Pour nous, les ados, c'est la Cité des Fleurs Fanées, ou la CFF. Mon autre rêve pour plus tard serait de partir habiter ailleurs, ailleurs, ailleurs.

Voilà. Monsieur Bartin a écrit comme remarque : « Ta franchise représente un bon pourcentage de l'originalité de ta rédaction. »

Si j'écris autant tous les jours, ce cahier sera vite rempli ! Il me reste à lui trouver une bonne cachette...

2. *Site de Bert Verplaen*

http://www.skynet.be/bertverplaen.htm

Webmaster : Bert Verplaen
Pseudo : Bert Verplaen !

Qui je suis – Je m'appelle Bert Verplaen (étonné(e) ?) et je viens d'avoir seize ans. Veuillez excuser mon français *omdat ik Nederlandstalig ben en thuis spreek ik Nederlands met mijn ouders.* Je suis né à Anvers où j'ai vécu jusque l'âge de huit ans. Puis mes parents ont décidé de déménager car ils ne supportaient plus le Vlaams Blok[1]. Ils se sont installés en région francophone en pensant que ce serait

1. Le Vlaams Belang (« Intérêt flamand »), qui s'appelait Vlaams Blok (« Bloc flamand ») avant novembre 2004 est un parti nationaliste flamand d'extrême-droite.

plus facile pour mon apprentissage du français. Je me souviens qu'au début, j'ai râlé car j'avais perdu tous mes copains. Aujourd'hui, je ne le regrette plus grâce à mes amis Hermeline, Ishak et Fausto.

Ce que j'aime – Me croirez-vous si je vous dis que j'adore la langue française ? Quand je suis arrivé ici il y a huit ans, je n'en connaissais pas un (très) traître mot. Maintenant, je ne pourrais plus m'en passer. Je lis beaucoup : trois ou quatre livres par mois, en alternant toujours un livre en néerlandais pour deux en français. Le reste du temps : musique et chat. J'écris aussi des scénarios de bédé avec mon amie Hermeline Marcœur.

Mes projets – Réussir mon année scolaire sans trop me fouler (sauf en français). Trouver un musicien pour mettre mes textes en musique. Continuer à me marrer avec mes amis.

But de ce site – Partager avec vous idées et projets. J'attends vos commentaires.

3. *Lundi matin*

– Salut, Herm !

Hermeline fait la bise à Fausto, Ishak et Bert. Comme chaque jour d'école, ils se retrouvent au carrefour de la rue des Roses et de la rue des Dahlias. De là, ils partent ensemble vers l'arrêt de bus de la rue des Géraniums. Fausto, qui fait du latin, l'appelle la rue des *Gerania*. Quant à Bert qui se passionne pour les jeux de mots, il parle de la rue des Géranifemmes. Parce que « fleur » est du genre féminin, se justifie-t-il. Les quatre forment un groupe soudé depuis l'école primaire. Monsieur Daniel, leur instituteur de quatrième année, leur disait souvent : « Il ne vous manque qu'un chien pour devenir le nouveau *Club des Cinq* ! » L'an dernier, le groupe a éclaté à cause des choix d'option : Hermeline et Bert en Art, Fausto en Latin et Ishak en Sciences Économiques. Mais en dehors des heures de cours, ils restent inséparables.

À l'arrêt de bus, Hermeline remarque une jeune fille voilée, accompagnée d'un homme plus âgé, probablement son père. Elle ne l'a jamais vue dans la CFF. « Sans doute la famille qui est venue s'installer rue des Lys », pense-t-elle car elle a remarqué quelques jours plus tôt que l'affiche « à louer » du 14 avait été enlevée.

Dans le bus, c'est l'activité habituelle d'avant cours : Ishak, le fort en math, aide Fausto à résoudre les exercices de sa préparation en maugréant qu'il aurait dû la lui envoyer la veille sur son blog. Hermeline demande des explications à Bert pour une compréhension à la lecture en néerlandais : avec lui, pas besoin de dictionnaire.

La jeune fille voilée descend aussi à leur arrêt et marche légèrement en retrait de son père en direction de l'école fréquentée par les quatre amis.

– Elle va devoir enlever son voile pour entrer, si elle vient chez nous, remarque Fausto.

– Je suppose qu'elle est au courant du règlement, ajoute Bert.

– Un père accompagne toujours sa fille ? demande Hermeline à Ishak.

– Ça varie fort d'une famille à une autre. Le père élève sans doute ses enfants à l'ancienne, répond le jeune musulman.

– Moi, j'aurais la honte si je devais arriver comme ça à l'école.

– On ne verrait pas que tu es toute rouge, avec le voile ! plaisante Fausto, le catholique.

– Ne rigole pas avec ça ! grogne Ishak. Toi, tu bouffes bien le corps de ton dieu tous les dimanches !

– Stop, les gars ! coupe Bert. Chacun son truc et c'est très bien comme ça tant qu'on ne s'emmerde pas les uns les autres.

Quelques mètres devant le petit groupe, le père et la fille sont arrivés au portail de l'école. Le père fait mine de vouloir le franchir mais Éric Martin, l'éducateur, intervient.

– Monsieur ! Les parents ne sont pas admis dans la cour de l'école. Si vous avez rendez-vous avec un professeur, vous devez passer par la porte principale, dit-il en montrant la direction à prendre.

L'homme se tourne vers sa fille, qui lui traduit en arabe ce que l'éducateur vient de dire. Le père lui répond sans regarder monsieur Martin, qui en a vu d'autres en plus de vingt ans de carrière.

– Mon père veut juste rentrer avec moi et attendre jusqu'à ce que je sois en classe, puis il s'en ira.

– Dis-lui que c'est interdit, que le règlement est le même pour tout le monde et que s'il n'est pas d'accord, il doit s'adresser au préfet en passant par la porte réservée aux professeurs. Et tu dois retirer ton voile pour entrer.

En élevant la voix, il ajoute à l'attention des élèves qui commencent à s'attrouper sur le trottoir, dont Hermeline et compagnie :

– Et vous, ne restez pas là !

Pendant que la jeune fille reprend son exercice d'interprète, l'éducateur fait avancer les élèves sans tenir compte des remarques du genre « C'est ça, la démocratie ? » et « C'est pas le goulag, ici ! » lancées par des élèves plus âgés. Le portail franchi, Hermeline se place sur le côté pour entendre la suite de l'altercation.

– Mon père n'est pas d'accord et veut rencontrer le préfet, dit la jeune fille, toujours sur le même ton soumis.

– C'est par-là, indique de nouveau l'éducateur. Bonne chance ! Et toi, tu enlèves ton voile pour entrer.

– Je dois accompagner mon père pour traduire.

– Oui, j'avais compris, mais si tu es inscrite ici, tu enlèves ton voile avant de pénétrer dans l'école, quelle que soit la porte empruntée.

Hermeline rejoint ses amis dans le coin de la cour où ils ont l'habitude de se tenir et y retrouve d'autres camarades : Octave dont les parents ont fui le Congo, Océane et Mélanie qui sont dans sa classe, Sadjat qui vient du Pakistan, Coralie, Jamila la Belgo-Marocaine, et ce débile de Fernand, un élève de cinquième qui drague Hermeline depuis quelque temps, sans succès passé, présent ou à venir. Elle salue tout le monde et raconte en deux mots ce qu'elle vient d'entendre.

– Il n'a pas l'air commode, le paternel.

– Je la plains, dit Jamila. Moi, j'ai la chance d'avoir un père compréhensif, mais ce n'est pas le cas dans toutes les familles maghrébines. J'en connais qui...

– Un père a tout de même le droit de protéger sa fille ! coupe Ishak.

– Oh, toi, fais pas ton intégriste ! lance Fausto qui n'a pas vraiment digéré la remarque de son ami quant aux pratiques des catholiques. Et d'abord, t'as pas de sœur, il me semble, ou alors ton père nous la cache depuis fort longtemps !

Tout le monde s'esclaffe, y compris Ishak.

– Allez, 15-15 et on en reste là, dit-il tout sourire.

– D'accord, mon pote !

Et les deux garçons s'en claquent cinq au moment où la sonnerie retentit.

4. Blog d'Ishak Ben Malahouf

http://prendreletheetletemps.skyblog.com

Nom du blog: Prenez le temps et le thé avec Ishak

Pseudo : IBM_2500

Biographie – Bonjour et bienvenue sur *Prenez le temps et le thé avec Ishak*. J'espère que vous prendrez plaisir à parcourir mon blog.

Mon nom de famille, c'est Ben Malahouf. J'ai quinze ans. Je suis le plus jeune d'une famille de quatre garçons et le « petit gâté » car mes trois frères sont déjà mariés. Vous trouverez sur mon blog des photos de mes neveux et nièces que j'adore.

Je suis très fort en math. N'hésitez pas à m'envoyer vos prépas et vos devoirs, mais pas pour les faire à votre place: pour les corriger et vous donner des explications car, plus tard, je veux devenir prof de math. Je suis aussi passionné par l'informatique. Pas tellement par les jeux ou le chat. Plutôt par la programmation et les antivirus. Je m'amuse souvent à faire choper un virus à mon PC pour le plaisir de le détruire. Non, ça ne marche pas à tous les coups mais j'ai un back-up constamment à jour !

Description du blog – Vous trouverez ici des photos des gens que j'aime : ma famille et mes amis. Également des tuyaux pour les cours de math de première et deuxième observation, surtout si vous avez cours avec madame Legrand, monsieur Lhermite ou monsieur Jonas. Pour ce dernier, disons que c'est en construction puisque je viens de commencer ma troisième. Mais surtout… Motus !

5. Cours de math

Hermeline n'en mène pas large. Depuis la remarque du premier jour au sujet de son nom, elle sent qu'Antoine Vansteren, son prof de math et son titulaire, ne l'apprécie pas beaucoup. Il l'a placée seule au dernier banc de la rangée côté couloir. Comme il n'y a que neuf élèves dans son option, les « Art » sont regroupés avec d'autres classes pour les cours généraux et devant elle, il y a deux doubleurs de l'option Sciences Sociales qui n'en ont rien à cirer d'une petite gamine qui se passionne pour les *Schtroumpfs*, comme ils disent. Ils l'ont d'ailleurs surnommée *Schtroumpfeline*, ce qui la fait rager. Pour résoudre les exercices, inutile d'attendre une aide de ces deux-là et elle a peur de s'adresser au professeur, craignant une réplique cinglante de sa part. Là, elle sèche sur ses équations. Les *x* peuvent s'exposer tant qu'ils veulent, ils lui restent totalement inconnus. Quant aux *y*, elle n'a jamais été douée, comme Fausto, pour les langues mortes. Elle en est à rêver d'un gag en une planche où un prof de math se fait écraser par une énorme équation qui se décolle du tableau, quand un petit coup sec frappé à la porte la ramène à la réalité. Le préfet entre, suivi par la jeune fille croisée deux heures plus tôt. La discussion entre le père et le préfet a dû être longue car la deuxième heure de cours est déjà bien entamée.

Toute la classe se lève comme un soldat.

– Asseyez-vous ! Bonjour, Monsieur Vansteren. Bonjour, jeunes gens. Je vous présente mademoiselle Faktorye Soussan, qui rejoint l'option Art avec quelques jours de retard. Je vous la confie, Monsieur Vansteren. Bonne journée à tous.

Les élèves recommencent leur gymnastique.

– Assis ! dit le professeur. Venez ici, jeune fille. Les autres, vous continuez les exercices.

Pendant que le professeur ajoute le nom de la nouvelle élève sur sa liste et lui donne quelques indications concernant son cours, Hermeline dévisage la dixième élève de l'option Art et la trouve particulièrement jolie sans son voile.

– Voilà, dit-il enfin. Je te souhaite bonne chance pour ton année scolaire. Tu vas t'installer là-bas au fond, près d'Hermeline. Tu travailleras avec elle en attendant d'avoir ton livre.

La jeune fille traverse la classe sans voir personne, alors que tous les garçons la regardent, fait un petit signe de tête plutôt sec à Hermeline, s'assied et sort un plumier et un bloc de feuilles de son sac à dos.

– Bonjour ! dit Hermeline, tout sourire. Tiens, ça c'est…

– Silence, Hermeline ! coupe Antoine Vansteren. Si vous devez absolument communiquer, faites-le par écrit. Les mathématiques ont besoin de silence pour avancer !

Hermeline enlève une feuille de son classeur et commence à écrire. « Bonjour. Je m'appelle Hermeline – 3e Art. Bienvenue dans l'antre du démon ! Voici la feuille de théorie. Nous préparons les ex. 1 à 4. Je te prêterai mes cours pour que tu te mettes en ordre. »

Elle place les deux feuilles devant sa voisine qui écrit simplement « Merci » et commence à lire la théorie. Après un instant, elle s'attaque aux exercices. Elle résout le premier en un tour de main. Un large sourire illumine le visage d'Hermeline : en math, les affaires reprennent !

6. *Journal de Fausto Baptisti*

Ce matin, Hermeline, ma meilleure amie, m'a dit qu'elle avait commencé un journal et qu'elle trouvait ça super chouette. J'en avais envie aussi, après ce que nous avait dit monsieur Bartin, mais je trouvais que ça faisait un peu pédé. Alors, à la fin du cours de français, je suis allé demander conseil au prof qui est vraiment sympa. Il m'a dit :

– Fausto, ai-je l'air d'un homosexuel ?

– Euh... Non.

– Bon, tu tiens ça pour toi : ça fait sept ans que j'ai commencé un journal intime et que j'y écris pratiquement tous les jours. Ça te rassure ?

– Oui, M'sieur.

– Maintenant, tu devrais peut-être aussi revoir ton jugement envers les homosexuels et éviter d'utiliser le terme « pédé » qui est particulièrement insultant.

– Euh...

– Ce n'est pas parce qu'on est différent qu'on est obligatoirement mauvais. Réfléchis à ça dans ton journal, si tu le commences. Allez, va retrouver Hermeline. Une chance que vos classes soient regroupées pour le cours de français, non ?

– Ben...

– Je vois bien comme tu la regardes en cachette pendant les cours. Toi, tu sais que je tiens un journal. Moi, je sais que tu es amoureux d'Hermeline. Et on garde ça pour nous. D'ac ?

– D'ac.

– Allez, file, sinon je n'aurai plus le temps d'aller boire un café !

Ça ne m'était jamais arrivé de parler comme ça avec un prof. J'ai donc décidé de commencer, moi aussi, un journal intime. Mais pas dans un cahier. Sur PC. Merci, petit disque dur. Pas besoin de planquer quoi que ce soit : juste un mot de passe pour ouvrir le fichier !

Me présenterais-je à moi-même ? Finalement, un journal intime, c'est une bonne part d'ego, a dit Bartin. Alors, allons-y...

Je m'appelle Fausto Baptisti. J'ai quinze ans et je commence ma troisième année de secondaire. J'ai doublé ma quatrième primaire à cause d'un chauffard qui ne nous avait pas vus, mon vélo et moi. Mais ce chauffard, je le bénis : sans lui, je ne me serais pas retrouvé dans la même classe qu'Hermeline, Ishak et Bert.

Je suis belge avec des origines italiennes. Mon grand-père est venu des Abruzzes en 1948 pour travailler dans les mines. Mon père, Angelo, est maçon et ma mère, Ornella, travaille comme caissière au Carrefour de la CFF. Sa grande amie, c'est la mère d'Hermeline.

J'ai une sœur aînée et une sœur cadette. Dans la famille, nous sommes catholiques pratiquants. Ça me pose parfois des problèmes avec mon ami Ishak qui est musulman mais ça se passe sans trop d'ennuis. Hermeline et Bert, ça les énerve. Ils ne sont d'aucune confession, eux. C'est la vie.

Ma passion, c'est le latin : la langue de mes ancêtres. C'est vachement démodé, mais j'assume. Mes parents ne m'ont jamais appris à parler italien. Mon père parle un patois de Pescara et ma mère un patois de la région de Milan. Donc, ils ont toujours communiqué en français. J'attends avec impatience d'arriver en cinquième pour prendre l'option Italien en plus du latin.

Quand on descend en Italie, une année dans la famille de mon père, l'autre dans celle de ma mère, je baragouine avec mes cousins et, depuis deux ans, je m'améliore grâce au latin. De retour ici, j'oublie beaucoup. Mais *basta* ! assez parlé de moi.

Ce matin, en partant à l'école, on suivait sans le savoir une nouvelle élève de troisième dont le père escortait le voile. L'expression ferait marrer Ishak. Enfin, peut-être. La fille, Faktorye, est dans la classe d'Hermeline.

J'arrête ici car il semble qu'il y ait du monde qui arrive sur le chat.

7. Chatroom « La CFF »

Les meufs du moment : Hermeline / Océane / Mélanie / Coralie

Les kems du moment : Bert / Ishak / Octave / Sadjat / fernandenfer

Hermeline dit : J'ai l'e-mail de Faktorye. Si vous êtes d'accord, je lui file le lien pour le chat. Ce soir, elle est chez sa grande sœur où elle peut surfer. On a parlé un peu pendant les cours : c'est sa seule liberté. Vous êtes d'ac ? Dites oui !

Bert dit : Oui, mais qu'elle se présente.

Ishak dit : Oui.

Octave dit : Une meuf de plus ! Ouiouiouioui ! LOL!

Hermeline dit : On ne dit plus LOL mais JMM.

Océane dit : Sans problème.

fernandenfer dit : wi ce k'herm veu jle veu
Sadjat dit : Oui. Qu'est-ce que tu fous là, Fernand ?
Octave dit : C'est quoi, JMM ?
Mélanie dit : Oui.
Coralie dit : Oui.
Hermeline dit : Ok, je lui envoie le lien. Fernand, je regrette vraiment qu'on (j'aimerais savoir qui) t'ait refilé le lien. JMM, c'est pour « J'me marre à mort. »
fernandenfer dit : swa pa mech ac moi herm stp
Bert dit : Arrête avec ton langage SMS, Fernand. On n'en veut pas sur le chat.
fernandenfer dit : tokup kondu jté pa kozé
Hermeline dit : C'est fait. Faktorye arrive. Laissez-la se présenter SVP.
Faktorye dit : bjr jmapel Faktorye Soussan.
Hermeline dit : J'ai oublié de te dire que sur le chat CFF, on écrit correctement, pas en SMS. Il faut que tu fasses l'effort, sans quoi on va te mettre en quarantaine : tout le monde te niera jusqu'à la fin de la session.
fernandenfer dit : on va kor pert plin dten
Faktorye dit : D'accord. Je préfère cent fois comme ça. L'écriture SMS est d'un nul ! Mais sur d'autres chats, on a menacé de me virer si je jouais à l'intello.
Fausto dit : Bonjour à tous. Bienvenue, Faktorye.

On n'est pas intello parce qu'on essaie d'écrire sans faute. Mais on est noc quand on est incapable d'orthographier trois mots correctement. Ça, c'est certain.

fernandenfer dit : aten dmin kondu on reglera sa

Hermeline dit : Si on coupe tout le temps Faktorye, on en a pour toute la nuit.

fernandenfer dit : toutune nwi ac toi herm mon reve

Faktorye dit : Je m'appelle Faktorye Soussan. On prononce Factorié Souchanne. J'ai quinze ans. Je suis née en Algérie et je suis en Belgique depuis trois ans. Je suis arrivée dans la Cité des Fleurs il y a seulement quatre jours. Mon père possède un magasin en ville avec mon frère aîné. Ma mère ne travaille pas. Nous sommes huit enfants. J'ai deux grands frères et une grande sœur, tous les trois mariés. J'ai trois sœurs et un frère plus jeunes. Le lundi, le mercredi et le vendredi, je passe la soirée chez ma grande sœur Malika. Elle a vingt ans et elle a des jumeaux depuis huit mois. Je viens pour l'aider. Mais je ne l'aide qu'un tout petit peu. C'est Malika qui a inventé ça pour que je puisse m'offrir une heure ou deux de liberté. Nourdine, mon père, est très sévère.

Hermeline dit : J'ai remarqué ça ce matin. Il ne te laisse jamais sortir seule ?

Faktorye dit : Pire que ça ! Il ne me laisse jamais sortir. Juste l'école et chez ma sœur, et il est toujours avec moi. Plus la mosquée et l'école coranique le samedi après-midi, si on peut appeler ça des sorties.

fernandenfer dit : ta jms panse a t'kc

Coralie dit : Tu ne vas jamais te promener ? Jamais au cinéma ?

Faktorye dit : Avant, je sortais parfois avec Malika et son mari mais sans que papa le sache. Mais depuis qu'ils ont les jumeaux, c'est fini.

Mélanie dit : Dans deux semaines, c'est le stage Aventures. On part à trois classes pour trois jours. Tu viens, j'espère !

Faktorye dit : La prof de gym m'a donné les documents mais je ne les ai pas encore montrés à papa. De toute façon, il dira non.

Océane dit : Tu dois au moins essayer. Si Jamila peut venir, pourquoi pas toi ?

Ishak dit : Jamila est marocaine, pas algérienne.

Fausto dit : Ça change quoi ?

Faktorye dit : Je ne connais pas Jamila mais qu'on vienne du Maroc ou d'Algérie, ce n'est pas ça qui importe. C'est le choix du père dans l'éducation qui décide de tout. Tu es marocain, Ishak, je suppose...

Ishak dit : Oui.

fernandenfer dit : elepala jamila

Hermeline dit : La première chose à faire, c'est de donner les documents à ton père. Tu insistes en disant que c'est obligatoire, que tu vas perdre des points si tu n'y vas pas, que tu vas être rejetée par le groupe pour tout le reste de l'année.

fernandenfer dit : ki me koze kor ici

Faktorye dit : Il s'en fiche. J'aurai un certif, comme pour la natation.

Coralie dit : Tu ne peux même pas venir à la piscine ?

Faktorye dit : Non.

fernandenfer dit : pq

Bert dit : Va t'essuyer, avec ton PQ ! JMM !

Fausto dit : Bien dit, Bert. Et prends un rouleau de réserve, Méphisto, parce qu'on va vraiment te faire chier si tu continues ! JMM !

Océane dit : Du calme, les gars ! Faktorye, pourquoi ne peux-tu pas venir à la piscine ?

Faktorye dit : Parce qu'il y a des garçons.

Octave dit : Et il n'aime pas les garçons, ton père ? Il nous prend tous pour des MD ou des XF ?

Faktorye dit : C'est un peu ça, mais il a toujours été comme ça. Les affaires MD et XF n'ont fait que renforcer ses principes. Maintenant, n'allez pas croire que papa est un bourreau. Il me punit très rarement et ne m'a jamais frappée. Mais il a vu ses parents élever ses sœurs comme ça. Pour lui, c'est la seule méthode.

fernandenfer dit : mé cé pa lmagreb ici

Fausto dit : Mais on est en Belgique, ici, pas en Algérie.

fernandenfer dit : cé ske jvien ddire kondu demin sa va ségné salu lé kondu sauf herm

Faktorye dit : Ce n'est pas l'endroit où l'on est qui compte. C'est le respect du Coran et des traditions.

Fausto dit : Le Coran, d'après ce que j'en sais, il y a beaucoup de façons de l'interpréter.

Ishak dit : Et ta Bible, pas ?

Hermeline dit : Non, non et non ! Vous me gonflez, Ishak et Fausto, avec vos chamailleries ! Ce soir, ce n'est pas marrant. Faktorye, tu demandes à ton père et s'il dit non, on verra ce qu'on peut faire.

Faktorye dit : D'accord.

Hermeline dit : Bien. Moi, je vais me coucher. Bonne nuit à tous.

Fausto : Idem. Bien content d'avoir niqué l'autre diablotin.

Bert dit : *Jawel ! Tot ziens.*[2]

2. Moi aussi. À bientôt !

8. Mardi matin

Au croisement des Roses et des Dahlias.

– Salut, Herm !

– Salut, les amis. Faktorye m'a encore envoyé un long e-mail hier après le chat.

– Tu me refiles son adresse ? demande Bert.

– Demande-la-lui, grand couillon ! Elle n'est pas mal, hein ?

– T'as aucune chance avec son père, dit Ishak.

– C'est pas son père qui m'intéresse, Drannoc chéri ! jette Bert en rougissant un peu.

– Euh ! reprend Hermeline alors qu'ils marchent de front vers la rue des Géraniums, ça vous intéresse de savoir ce qu'elle m'a raconté, ou pas ?... Elle devait parler du stage Aventures ce matin à son paternel. Et elle m'a répété que c'était sans espoir. Que depuis qu'elle est à l'école en Belgique, elle n'a jamais pu participer à un voyage scolaire, même pas à une visite de musée. Son père est intransigeant. Mais elle est enchantée qu'on l'ait invitée sur CFF. Elle avait vraiment peur d'être laissée de côté en arrivant à l'école.

– On va l'aider ! s'exclame Bert.

– La voilà ! dit Ishak.

Faktorye est déjà à l'arrêt du bus, debout à côté de son père, légèrement en retrait.

– Elle a toujours son voile, remarque Fausto.

– C'est comme ça, chez nous, commente Ishak.

– Et c'est où, chez vous ? attaque Fausto.

– En Belgique, jette Bert qui, en écartant les bras, arrête le groupe. Toi, Fausto, t'es catho. Toi, Ishak, t'es musul. Mais elle, elle est quoi, vous pensez ? Elle est sous la théière de son père, c'est pas comme vous !

– La théière ? demande Fausto.

– Je ne voulais pas dire sous sa coupe.

– Prenez le bus suivant ! intervient sèchement Hermeline. Vous avez largement le temps.

Elle les plante là et s'approche de Faktorye.

– Bonjour, Faktorye. Bonjour, Monsieur.

L'homme tourne la tête vers elle, ne dit rien et se remet à regarder du côté où le bus doit arriver. Faktorye lui dit quelque chose en arabe et il fait oui de la tête. La jeune fille s'adresse tout bas à

Hermeline. Elle doit vraiment tendre l'oreille pour percevoir la voix assourdie par le voile qui monte jusqu'au milieu de l'arête du nez.

– Bonjour, Hermeline. J'ai dit à papa que nous étions dans la même classe et il veut bien qu'on fasse le trajet ensemble. Tu vois, il n'est pas si méchant que ça.

– Tu parles !

Hermeline se tourne pour regarder le visage de sa nouvelle amie et remarque directement ses yeux rougis. Il n'y a pas longtemps qu'elle a cessé de pleurer. Hermeline lui prend le bras, le serre.

– Il a dit non ? chuchote-t-elle.

Faktorye ne dit rien, mais une larme apparaît immédiatement, se détache du coin de l'œil et vient mouiller le foulard.

– Ne t'en fais pas ! On va faire quelque chose ! Tout à l'heure, on en parlera à Vansteren. Et demain, à la prof de gym.

– Merci, Hermeline.

– On est tous avec toi !

Faktorye se tamponne les yeux avec un joli mouchoir en tissu et l'ombre d'un sourire apparaît sur la petite partie de son visage laissée libre par le voile. Monsieur Soussan n'a pas détourné la tête.

9. *Fin du cours de math*

Les élèves rangent le matériel dans leur sac et quittent la classe.

– Bert, tu préviens la prof de dessin qu'on arrivera en retard ?

– Oui, oui, sans prob. Bonne edmèr !

– Bonnet de mère ?

– Bonne merde, quoi !

Hermeline et Faktorye un peu en retrait s'approchent du bureau de monsieur Vansteren.

– Hum, commence Hermeline, on pourrait vous dire un mot, Monsieur ?

– Bien sûr, Mesdemoiselles. Un problème de math ? dit-il en souriant.

Il regarde Hermeline puis Faktorye et son sourire disparaît.

– Un problème tout court, on dirait. Un tout petit instant...

Il se dirige vers la porte de la classe. Les élèves du cours suivant commencent à arriver.

– On se range et on se tait, les premières F ! Ou c'est l'interro en entrant en classe. J'en ai pour deux minutes. Faites passer le mot à ceux qui arrivent !

Il rentre, ferme la porte et revient à son bureau.

– Je t'écoute, Faktorye.

– C'est…

Mais la jeune fille est trop émue et éclate en sanglots.

– C'est son père qui…

– Merci, Hermeline. Je suis certain que tu veux aider ton amie mais j'aimerais que ce soit elle qui m'explique ce qui ne va pas. Reste avec elle, je pense qu'elle en a besoin.

Faktorye a ressorti son beau mouchoir maintenant tout chiffonné car elle n'a pas pu s'empêcher de pleurer à nouveau à la récréation du matin en expliquant à ses nouveaux amis que son père n'avait rien voulu entendre. Tout en reniflant, elle explique la situation à son titulaire.

– C'est pour le stage Aventures. Mon père ne veut pas que j'y aille et moi, j'ai envie de partir avec les autres.

– C'est un problème financier ?

– Non, pas du tout. Il ne veut pas que je parte,

point final.

– Un problème culturel, alors ?

– Oui.

– Je vois. On a déjà connu ça. Je vais convoquer ton père et voir si ça peut s'arranger. Mais je ne te promets rien : légalement, on ne peut pas t'obliger à partir si tu es couverte par un certificat médical. C'est ce qu'il compte faire, je suppose.

– Oui. C'est toujours comme ça qu'il fait.

– Vous avez un bon médecin.

– Pour ça, oui.

– Donne-moi ton journal, s'il te plaît.

Faktorye le lui donne et, sur la première page réservée aux communications, il écrit :

Monsieur, suite à votre refus de laisser Faktorye participer au stage Aventures, je souhaite vivement avoir une entrevue avec vous, assez rapidement, le jour qui vous conviendra – sauf le jeudi– avant ou après les cours ou pendant la pause de midi. Je vous prie d'agréer, Monsieur, l'expression de mes sentiments distingués.

A. Vansteren – Titulaire de la 3e C.

– Voilà. J'attends une réponse de ton père pour demain. Vous avez cours avec qui ?

– Madame Decoster, répond Hermeline, pendant que Faktorye range son journal de classe.

– Voilà pour vous justifier. Et croisez les doigts !

Hermeline prend le billet d'Antoine Vansteren à l'intention de sa collègue et les deux jeunes filles quittent la classe et se rendent au local de dessin.

– Ça va s'arranger !

– Tu ne connais pas Nourdine Soussan ! Il a déjà été convoqué pour ça. Résultat : en trois ans, je ne suis jamais partie en voyage scolaire.

– Fais confiance à Vansteren.

– Tu parles ! Avec ses « Je ne te promets rien » et ses « Croisez les doigts », c'est mal barre !

– On va mettre Leclercq, la prof de gym, et Bartin sur le coup. Je sais que Bartin vient avec nous au stage. À trois contre un…

– Tu ne connais pas Nourdine Soussan !

10. L'entrevue

Le lendemain, midi vingt-cinq. Françoise Leclercq, Antoine Vansteren et Francis Bartin attendent au parloir l'arrivée de monsieur Soussan, prévue pour midi et demi.

– J'espère qu'il sera à l'heure, dit Françoise Leclercq.

– Moi aussi, je n'ai pas que ça à faire, ajoute Antoine Vansteren.

– Ça se présente souvent, ce genre de situation ? demande Francis Bartin.

– De temps en temps, oui, et toujours pour les mêmes stupides raisons : un père musulman qui est persuadé que sa fille va lui revenir alcoolique, droguée et enceinte.

– À ce point-là ?

– Oui. Pourtant, à part le port du foulard dans l'enceinte de l'école, ils ont tout ce qu'ils veulent :

cours de religion islamique, repas préparés spécialement pour les musulmans quand il y a du porc au menu le midi... Qu'on ne vienne pas dire qu'on ne fait rien pour eux !

– Et pour Faktorye, vous croyez que...

– Non. On fonce droit dans un mur dont nous n'arriverons même pas à faire tomber un morceau de plâtre. Mais on aura essayé.

– Et si...

– Le voilà ! Entrez !

Monsieur Soussan, vêtu pour l'occasion à la mode de son pays d'origine, entre dans le parloir, très digne, suivi de sa fille. Les trois professeurs se lèvent et Antoine Vansteren fait les présentations pendant l'échange de poignées de mains. Le père et sa fille prennent place en face des trois enseignants. Le titulaire lance la discussion.

– Monsieur Soussan, vous savez pourquoi nous vous avons convoqué. En inscrivant Faktorye dans notre établissement, vous avez signé un document disant que vous acceptiez notre règlement, qui est le même pour tous les élèves. Celui-ci stipule qu'ils doivent obligatoirement participer aux activités parascolaires. Vous êtes bien d'accord sur ce point ?

Monsieur Soussan, toujours souriant, se tourne vers sa fille qui traduit en arabe ce que son titulaire vient de dire.

– C'est très mal parti, chuchote discrètement la prof de gym à son jeune collègue. Je ne savais pas qu'il ne parlait pas français.

Puis le père prend la parole en regardant successivement les trois professeurs. Sa fille traduit dès qu'il a terminé.

– Mon père dit qu'il s'est fait traduire le règlement mais que certains points vont à l'encontre des coutumes de notre pays auxquelles il est très attaché. Il dit qu'il n'y a aucun problème car il fournira un certificat médical en bonne et due forme. Il dit aussi – excusez-moi – que vous ne devez pas vous mêler de ses affaires familiales.

– Mais il ne s'agit pas d'une affaire familiale ! s'insurge le professeur de français. Il s'agit de ta vie à l'école, de ton intégration sociale dans un groupe que tu vas fréquenter jusqu'à la fin de l'année !

Le dialogue de sourds continue pendant une dizaine de minutes, monsieur Soussan conservant son sourire et un ton uniforme en se retranchant sans arrêt derrière le certificat médical en bonne et due forme.

– Bon, finit par dire Françoise Leclercq en regardant sa montre, arrêtons cette discussion stérile. Faktorye, dis à ton père que nous ne pouvons pas l'empêcher d'agir ainsi mais que nous sommes très mécontents.

– Et, poursuit Antoine Vansteren, qu'il ne devra pas nous en vouloir si tu rencontres des problèmes d'intégration dans ta classe. Ce que, bien entendu, nous ne souhaitons absolument pas. Sans remuer le couteau dans la plaie, tu vas vraiment passer à côté de quelque chose.

– Je m'en doute.

Faktorye traduit.

– Mon père vous remercie de votre compréhension.

– Tu parles ! ne peut s'empêcher de dire Francis Bartin. Dis-lui encore que nous espérons vivement qu'il changera d'avis d'ici le 22 !

Faktorye s'exécute. Le sourire de son père s'élargit. Il se lève et serre la main des trois professeurs, imité par sa fille, avant de quitter le parloir. Une fois le père et la fille hors de portée de voix, le professeur de français explose :

– Enfin, au XXIe siècle, c'est pas possible, des gars comme ça !

– Eh si ! commente Françoise Leclercq. On a fait ce qu'on a pu mais c'était perdu d'avance.

– On a encore perdu notre temps, ajoute Vansteren, mais on ne pourra rien nous reprocher.

– Vous le prenez comme ça ? s'insurge le jeune professeur. Moi, je ne compte pas en rester là ! À demain, chers collègues.

Il empoigne son cartable et s'en va.

– Que va-t-il faire ? demande la prof de gym en se levant à son tour.

– Encore perdre un peu plus de temps. Mais il est jeune. Ça lui passera avec l'âge. Nous étions comme lui en début de carrière, non ?

– Je ne sais plus. Ça remonte à si loin ! Allez, à demain.

– À vendredi. Je ne viens pas demain.

– Bel horaire, on dirait.

– Provisoire, malheureusement. À vendredi, Françoise.

– Euh... moi, provisoirement, je ne viens pas le vendredi. À lundi donc !

11. Mercredi après-midi

Quelques e-mails…

De : “Fausto Baptisti” <faustobap@yahoo.fr>
À :<hermelinemarcoeur@yahoo.fr>, <bverplaen@yahoo.fr>, <IBM_2500@yahoo.fr>
Objet : Le connard de 5e

Salut.

Je ne sais qui a refilé mon adresse à ce connard de Fernand mais il vient de m’envoyer une belle bordée d’insultes.

Bise.

F.

De : “Bert Verplaen” <bverplaen@yahoo.fr>
À : <hermelinemarcoeur@yahoo.fr>, <faustobap@

yahoo.fr>, <IBM_2500@yahoo.fr>
Objet : Fernand d'Enferme-la !!!

Même chose en ce qui me concerne. Suffit de pas ouvrir quand tu vois son adresse.

Bert

De : "Ishak Ben Malahouf" <IBM_2500@yahoo.fr>
À : <hermelinemarcoeur@yahoo.fr>, <faustobap@yahoo.fr>, <bverplaen@yahoo.fr>
Objet : Même chose ici

Salut. Il a la mienne aussi et il est fortiche en injures racistes. J'ai bloqué son adresse. Faites de même. Mais petit prob : il a aussi l'adresse de mon blog et là, je ne sais pas l'arrêter. Je vais réfléchir au problème.

Salam.

Ishak

De : "Hermeline Marcœur" <hermelinemarcoeur@yahoo.fr>
À : <IBM_2500@yahoo.fr>, <faustobap@yahoo.fr>, <bveplaen@yahoo.fr>

Objet : Tous dans le même sac

Salut, les gars.

Moi aussi, j'ai reçu un message mais ce ne sont pas des insultes. J'aurais préféré ça, d'ailleurs. Faisons comme Ishak : bloquons son adresse.

À demain, car j'ai plein de trucs à faire.

Bisou,

Herm

Et un SMS d'Hermeline à Océane et Mélanie :

« Ske tu peu vnir che moi 15h pr fer blague fernan »

Peu après trois heures, les trois filles sont réunies dans la chambre d'Hermeline. La pièce est spacieuse. En plus de l'habituel ameublement d'une chambre à coucher, elle y a son bureau « travail » et son bureau « ordi » avec tout le matériel informatique habituel. Dans un coin, une minichaîne diffuse un CD mp3 apporté par Océane.

– Quelqu'un a des nouvelles de Jamila ? demande Mélanie.

– Non, répond Hermeline. Elle n'est pas venue sur le chat hier et elle n'était pas à l'école aujourd'hui. Je lui ai envoyé un SMS et un mail en rentrant mais je n'ai pas encore de réponse.

– Et pour Faktorye ? demande Océane. Son père devait rencontrer les profs à midi et demi.

– Elle m'a dit qu'elle essaierait de m'appeler mais... ah ! c'est peut-être elle...

Hermeline répond à l'appel sur son portable et, pendant la conversation, ses amies n'entendent que des monosyllabes.

– C'était Faktorye et c'est mal barré.

– C'est non, alors ? Les profs n'ont pas réussi à convaincre son père ?

– Non.

– Zut ! Elle doit être vachement déçue.

– Ça va, elle s'y attendait.

– Qu'est-ce qu'on va faire ?

– J'avais pensé à une pétition, propose Hermeline.

– Extra ! s'emballe Océane. On fera signer toute l'école !

– Mais on la remettra à qui, cette pétition ? s'inquiète Mélanie. Au père de Faktorye ? Il n'en a certainement rien à cirer.

– Exact, constate Hermeline.

– Au préfet, alors, propose Océane.

– Ce n'est pas sur lui qu'il faut faire pression, avance Mélanie.

Pendant quelques minutes, les trois filles réfléchissent au meilleur moyen d'aider leur amie, mais dès que l'une d'entre elles avance une idée, la voilà aussitôt rejetée par les deux autres. Elles finissent par convenir d'en discuter le soir sur le chat, lequel, d'un commun accord entre les membres, ne démarre qu'à huit heures et demie.

– Bon, alors, cette blague pour Fernand d'enfer ? veut savoir Océane.

– Je ne sais pas comment il a fait mais, en plus du lien pour le chat, il a réussi à obtenir mon adresse e-mail.

– Je te plains ! commente Océane.

– Oh, ce n'est pas si grave mais j'aimerais bien savoir qui lui refile ces renseignements.

– Tu soupçonnes quelqu'un ?

– Non. Ça peut être n'importe qui du chat puisque tout le monde a mon adresse. Mais ça s'est probablement fait sans penser à mal.

– Quelqu'un qui a voulu te faire une mauvaise farce ? propose Mélanie.

– Si c'est le cas, je ne vois pas qui. Enfin, si vous me donnez un coup de main, la farce va se retourner contre lui. Avec son e-mail, il y avait une pièce jointe. Regardez…

Hermeline clique plusieurs fois sur la souris et fait apparaître sur l'écran une photo de Fernand en gros plan. Un phylactère a été ajouté, dans lequel on peut lire : « Hermeline + Fernand = APT ».

– Le débile ! s'exclame Océane. Le gros débile de chez Crâne Vide !

Le trio éclate de rire.

– Tu ne t'attendais tout de même pas à quelque chose d'intelligent de la part de ce gumène ! pouffe Hermeline.

– Remarque, il a réussi à écrire deux mots et une abréviation sans faute ! surenchérit Mélanie.

– Je l'imagine bien en math : « M'sieur, c'est quoi les deux ronds l'un sur l'autre devant la croix ? »

Entre deux crises de fou rire, Hermeline expose son idée à ses amies et elles se mettent au travail. Tout doit être prêt pour le lendemain matin.

12. Chatroom « La CFF»

Ce soir-là, pratiquement tous les membres sont connectés à l'exception de Jamila. Faktorye est invitée à raconter l'entrevue.

Faktorye dit : À la fin, Bartin avait l'air vraiment énervé mais il a réussi à conserver son calme. Quant à mon père, il a l'habitude et il a souri du début à la fin.

fernandenfer dit : 1 vré crouille se typ

Hermeline dit : Bon sang, Fernand ! On ne veut pas de tes insanités ici ! Ou tu présentes tes excuses ou je propose qu'on te nie SYSTÉMATIQUEMENT !

Ishak dit : Sans problème ! On nie à vie !

Fausto dit : Marre de ce malade de chez Lasile !

fernandenfer dit : mekskuse jms CROUILLE CROUILLE CROUILLE é bye

Sadjat dit : Bon débarras !
Bert dit : Adieu, l'enluké !
Coralie dit : Vous croyez qu'il est vraiment parti ? Il me fait peur, ce type.
Fausto dit : On va voir. Ne postez rien pendant une minute.
Fausto dit : FERNAND EST LE PLUS GROS CON DE L'ÉCOLE ET SA ZIGOUNETTE A LA CONSISTANCE DU FLAN !
Octave dit : On dirait bien qu'il s'est cassé. S'il avait lu ça, il aurait réagi.
Hermeline dit : Bon, en résumé, Faktorye ne viendra pas avec nous pour le stage Aventures si nous ne faisons rien pour l'aider. Et il nous reste une semaine et demie. On a réfléchi à une solution avec Océane et Mélanie cet après-midi mais on n'a rien trouvé de valable.
Bert dit : Je propose la solidarité : si elle ne peut pas y aller, on n'y va pas non plus.
Océane dit : Pas bête ! Mais il faut convaincre trois classes.
Sadjat dit : Oui, et il y a des élèves qui refuseront de rester.
Faktorye dit : Arrêtez de vous tracasser pour moi. L'affaire est définitivement réglée.
Bert dit : Et si on a envie de se tracasser pour toi ? Tu vas nous l'interdire ?
Faktorye dit : Non, mais je ne voudrais pas vous

faire perdre du temps et de l'énergie pour rien.

Hermeline dit : Ça, c'est notre problème. On fait comment, Bert ?

Bert dit : Je ne pense pas qu'on puisse rallier tous les élèves de troisième concernés si on dit simplement qu'on n'y va pas. Je propose de la jouer au bluff, cette partie : dire aux autres qu'on fait seulement croire qu'on ne partira pas, pour voir comment ça va réagir à l'école.

Hermeline dit : D'accord. Je vais préparer une lettre à faire circuler dès demain.

Fausto dit : Je peux t'aider à la rédiger. On peut faire ça par e-mail*s*.

Hermeline dit : OK, on va continuer par e-mails. Préparez-vous à faire de la pub demain dans la cour et en classe. Bisou.

Fausto dit : Salut.

Bert dit : Demain, il faudra se montrer convaincant avec un maximum d'élèves de troisième.

Octave dit : Pour motiver les garçons, je propose que Faktorye donne un baiser à celui qui aura convaincu le plus d'élèves. Comme pour le chevalier qui remportait un tournoi.

Ishak dit : T'exagères pas un peu, là, Oct ?

Bert dit : Vous pourriez peut-être commencer par demander l'avis de la princesse…

Faktorye dit : Si c'est sur la joue et que ça s'arrête

là, je suis d'accord.

Octave dit : Bien sûr ! Qu'est-ce que tu allais imaginer ? Pour le reste, on verra pendant le stage…

Bert dit : Arrête, Oct, c'est pas marrant.

Octave dit : Si on peut même plus déchirer un peu… JMM !

13. Journal d'Hermeline

[...] et nous sommes finalement tombés d'accord pour la version ci-dessous. Je dois reconnaître que Fausto est fortiche en français. Sans lui, ça m'aurait pris plus de temps pour un moins bon résultat.

Monsieur le Préfet,

Depuis un peu plus de deux ans que nous fréquentons votre école, nos professeurs nous enseignent la tolérance, la justice et le respect de l'autre et de ses différences.

Dans moins de deux semaines, trois classes de 3e Transition doivent partir pour un stage Aventures de trois jours. Nous sommes tous ravis de cette initiative que nous attendons avec beaucoup d'impatience. Nous étions persuadés que tous les élèves participeraient à cette expérience qui promet d'être très enrichissante. Malheureusement, une élève de l'option Art (3e C) n'a pas obtenu de son père l'autorisation de nous accompagner : Faktorye Soussan. Malgré l'intervention de trois de ses professeurs (madame Leclercq et messieurs Vansteren et Bartin), monsieur Soussan n'a pas voulu revenir sur sa décision.

Pour vous montrer que la tolérance, la justice et le respect de l'autre et de ses différences font bien partie de nos valeurs, nous avons décidé de nous priver tous de ce stage par solidarité envers notre amie Faktorye.

Les élèves de 3e C-E-F.

D'après Fausto, et je suis d'accord avec lui, le préfet devrait réagir positivement à une telle décision et revenir à la charge auprès de monsieur Soussan.

Je me demande si Fausto ne serait pas un peu amoureux de moi. Tout à l'heure, il m'a immédiatement proposé son aide pour la lettre. Et pendant les cours de français, les seuls que nous ayons en commun cette année, je l'ai déjà plusieurs fois surpris en train de me regarder à la dérobée. Chaque fois que nos regards se rencontrent, il détourne le sien après une fraction de seconde. Je parierais qu'il est trop fier pour risquer de se ramasser un râteau. Franchement, je ne sais pas comment je réagirais s'il me demandait de sortir avec lui. Je l'aime bien, comme j'aime bien Bert et Ishak. Ils ont tous les trois leurs défauts et leurs qualités, mais je les apprécie comme ils sont. Peut-être que je préfèrerais qu'on reste amis puisque tout tourne bien entre nous depuis plusieurs années.

Je me demande aussi ce qui se passe avec Jamila. Elle n'était pas sur le chat hier, n'était pas à l'école ce matin, n'a répondu ni à mon SMS ni à mon e-mail et n'était toujours pas sur le chat ce soir. J'espère que ce n'est rien de grave car je l'apprécie beaucoup. Surtout depuis qu'on se retrouve dans la même année. C'est la fille la plus indépendante que je connaisse. Elle ne se laisse pas marcher sur les pieds par les garçons et parvient à les remettre à leur place sans la moindre vulgarité.

Il est temps que j'aille au lit : la journée qui arrive ne sera pas de tout repos...

14. *Jeudi matin*

– Salut, Herm !

– La lettre est prête ? demande immédiatement Fausto.

– Qu'est-ce que tu crois ? Salut, les gars. Qu'en pensez-vous ? C'est surtout Fausto qui a fait le travail.

Hermeline a sorti une feuille de sa poche et la tend à Bert et à Ishak. Ils la lisent tout en se dirigeant vers l'arrêt du bus.

– Je n'aurais pas pu faire mieux, confesse Bert. Bravo !

– Moi, je n'aurais pas pu faire aussi bien, rigole Ishak.

Hermeline a remarqué l'apparition d'une légère rougeur sur les joues de Fausto suite à son compliment. Il a le tact de ne pas se prendre la tête.

– Hermeline avait les idées, j'ai juste fignolé un peu pour que ça sonne bien. C'est tout.

– La tête et la plume, quoi, commente Bert.

– Si on veut, conclut Fausto. Il a vraiment peur que sa fille rate le bus, le père Soussan. Ils sont toujours là avant nous.

Dans le bus, Hermeline reste avec Faktorye pendant que les garçons se tiennent à l'écart de monsieur Soussan. Hermeline n'ose pas montrer la lettre à son amie. Dans leur conversation à voix basse, elle lui glisse que tout est prêt pour la contre-attaque.

Dès qu'ils sont dans la cour de l'école et que monsieur Soussan n'a plus de contact visuel avec sa fille, ils se précipitent vers le coin de rassemblement de la bande.

– Tu as vu mon mail, Herm ? demande Octave.

– Oui. J'ai trois copies de la lettre pour chaque classe. Voilà. Et n'oubliez pas : à côté de chaque signature, il faut un nom !

Elle donne une chemise en plastique à Octave pour la 3e E, une à Fausto pour la 3e F et tend les feuilles de celle de la 3e C à Bert et à Océane, se réservant la dernière. Il reste un petit quart d'heure avant le début des cours. Ils se dispersent et partent à la recherche d'un maximum de signataires.

Lorsqu'elle consulte sa montre, Hermeline a déjà huit signatures, soit le tiers des élèves de 3e C. Si Bert et Océane ont fait aussi bien qu'elle, c'est déjà réglé pour leur classe. Comme convenu, elle retrouve Mélanie et Océane à l'entrée des toilettes des filles, trois minutes avant la sonnerie. Madame Lherme s'apprête d'ailleurs à en fermer la porte à clef.

– Madame ! S'il vous plaît ! gémit Hermeline.

– Dépêchez-vous ! dit l'éducatrice en suspendant son geste. Ça va bientôt sonner.

– Merci, Madame !

Les trois filles s'engouffrent dans les toilettes. Lorsqu'elles en ressortent, plus de Chloé Lherme. Elles la voient se précipiter vers un attroupement en direction duquel convergent également deux autres éducateurs et de nombreux élèves. Ça crie en chœur « Du sang ! Des boyaux ! ».

Hermeline remarque un remous dans le groupe, des élèves qui s'écartent et Fernand qui file vers la sortie, bousculant monsieur Martin qui arrive dans l'autre sens, le renversant presque. L'élève quitte l'école en quatrième vitesse.

– Écartez-vous ! crie Chloé Lherme. Il faut appeler une ambulance !

– Allez vous ranger ! hurle monsieur Pertot, l'autre éducateur. Monsieur Martin, il faut appeler une ambulance ! Vite ! Il est inconscient !

Lorsqu'elle consulte sa montre, Hermeline a déjà huit signatures, soit le tiers des élèves de 3e C. Si Bert et Océane ont fait aussi bien qu'elle, c'est déjà réglé pour leur classe. Comme convenu, elle retrouve Mélanie et Océane à l'entrée des toilettes des filles, trois minutes avant la sonnerie. Madame Lherme s'apprête d'ailleurs à en fermer la porte à clef.

– Madame ! S'il vous plaît ! gémit Hermeline.

– Dépêchez-vous ! dit l'éducatrice en suspendant son geste. Ça va bientôt sonner.

– Merci, Madame !

Les trois filles s'engouffrent dans les toilettes. Lorsqu'elles en ressortent, plus de Chloé Lherme. Elles la voient se précipiter vers un attroupement en direction duquel convergent également deux autres éducateurs et de nombreux élèves. Ça crie en chœur « Du sang ! Des boyaux ! ».

Hermeline remarque un remous dans le groupe, des élèves qui s'écartent et Fernand qui file vers la sortie, bousculant monsieur Martin qui arrive dans l'autre sens, le renversant presque. L'élève quitte l'école en quatrième vitesse.

– Écartez-vous ! crie Chloé Lherme. Il faut appeler une ambulance !

– Allez vous ranger ! hurle monsieur Pertot, l'autre éducateur. Monsieur Martin, il faut appeler une ambulance ! Vite ! Il est inconscient !

D'autres professeurs arrivent et envoient les élèves se ranger. Dans la cohue et le chahut, personne n'a entendu la sonnerie. Hermeline rejoint son rang que monsieur Vansteren fait immédiatement avancer. Aucun élève de sa classe ne sait exactement ce qui s'est passé.

– Parfait. L'école va porter plainte et j'espère que monsieur Baptisti le fera également. Je vais déclencher immédiatement la procédure de renvoi définitif. Je ne pense pas que le sieur Vanscheit puisse y couper, même avec son avocat de père. Cette fois-ci, il est allé trop loin.

16. *Journal d'Hermeline*

À la récré, quand j'ai appris que c'était Fausto qui s'était fait tabasser par Fernand et qu'on l'avait emmené inconscient à l'hôpital, j'ai fondu en larmes. Comment est-il possible d'en arriver à autant de violence pour une petite phrase sur le chat ? Quand on a parlé d'un pot de flan, je me suis rappelé la remarque de Fausto pour voir si l'autre andouille était vraiment partie. On ne parlait que de la bagarre dans la cour et on a commencé a chuchoter tous ensemble « Vanscheit renvoi ! Vanscheit renvoi ! » et quand plus de mille personnes chuchotent en même temps, ça fait du bruit ! Ça s'est calmé quand la nouvelle a commencé à courir que la photo de Fernand était collée sur des feuilles de papier WC dans les toilettes des filles. Ça a été la ruée ! Tout le monde en voulait ! Avec le recul, je me demande ce qui se serait passé si Fernand avait été là. Serait-il allé jusqu'à me frapper ? Même si j'avais pris soin d'effacer mon prénom sur la photo avant de l'imprimer, il n'aurait pas pu ne pas la reconnaître. Je préfère ne pas y penser. Nous avons eu l'excellente idée de ne parler de cette farce à personne. Cela restera une blague anonyme.

En rentrant, j'ai téléphoné chez Fausto. Sa mère venait de rentrer de l'hôpital. Il a le nez cassé et la mâchoire fracturée. Plus une commotion. Il a déjà été opéré et devrait sortir dans deux ou trois jours. Il devra se nourrir pendant plusieurs semaines avec une paille car sa mâchoire doit rester immobilisée pour que les os se ressoudent. Normalement, il ne devrait pas garder de séquelles. Ouf !

Madame Baptisti m'a dit que son mari avait porté plainte et l'école également. Fernand va sans doute être définitivement renvoyé. Bon débarras. Avec tout ça, le problème de Faktorye est passé au second plan. On a quand même réussi à récolter septante-trois signatures sur septante-six possibles. Demain, je dois essayer de voir le préfet pour lui faire part de notre décision. J'ai déjà peur...

C'est finalement Bert qui a récolté le plus de signatures : quatorze. Je le soupçonne de s'être arrangé avec Océane. Octave râle un peu : il n'en a récolté que onze. Il n’est pas prêt de recevoir une bise de Faktorye qui a l’air plutôt avare de ce genre de démonstration.

17. Vendredi – Bureau du préfet

– Entrez !

Intimidée, Hermeline pousse la porte du bureau du préfet. C'est la première fois qu'elle y met les pieds et elle ne se sent pas très à l'aise.

– Bonjour, Monsieur.

– Bonjour, Mademoiselle... ?

– Hermeline Marcœur, 3e C. Puis-je vous déranger un instant ?

– C'est urgent ?

– Euh... oui.

– Alors, juste un instant car j'ai énormément de travail. Je vous écoute.

– Voilà, c'est au sujet du stage Aventures des 3e C, E et F. Il y a un problème avec une fille de ma classe, Faktorye Soussan.

– Soussan ? Ça me dit quelque chose...

– Une jeune fille qui porte le voile.

– Ah oui ! Je vois. Et elle ne peut pas venir elle-même m'en parler, de ce problème ?

– C'est nous qui avons pris l'initiative, pas elle. Son père ne veut pas qu'elle vienne au stage.

– Qui est votre titulaire ?

– Monsieur Vansteren. Il a déjà rencontré monsieur Soussan à ce sujet mais n'a pas réussi à le convaincre.

– Et vous espérez donc que moi, en tant que préfet, je réussisse mieux que vous.

– Je ne sais pas, Monsieur. Peut-être. En attendant, les élèves des trois classes ont pris une décision…

Hermeline tend les feuilles de la pétition. Le préfet lit la lettre, le front soucieux.

– Tous les élèves concernés ont signé ?

– Pratiquement : septante-trois sur septante-six.

– Je vois. Une campagne bien orchestrée. Nous voici donc avec un lobby d'étudiants ! C'est vous qui avez rédigé cette lettre ?

– Oui… Avec Fausto Baptisti.

– Fausto… Pauvre petit gars… Écoutez, Hermeline Marcœur, votre geste et celui de vos camarades est courageux mais ce stage est obligatoire et vous ne pouvez pas refuser d'y participer par solidarité avec Faktorye !

Le préfet a haussé le ton et martelé ses mots.

Hermeline se sent devenir toute petite mais elle parvient à dire d'une voix fluette :

– Ce que nous voulons, c'est que Faktorye vienne avec nous, rien de plus.

– Supposons que cela soit impossible. Vous comptez tous fournir un certificat médical ?

– Euh...

– Bon ! D'accord, je vais contacter monsieur Soussan et tenter à mon tour de le convaincre. Mais je ne peux rien vous promettre. Et s'il ne change pas d'avis, PAS QUESTION POUR VOUS DE REFUSER DE PARTIR POUR CE STAGE ! Est-ce clair ? Ce ne sont pas encore les élèves qui font la loi dans mon établissement. Retournez en classe et envoyez-moi Faktorye. J'ai besoin d'elle pour téléphoner à son père.

18. Fin des cours

Francis Bartin range ses livres dans son cartable. Il voit Hermeline et Bert qui attendent près de la porte.

– Alors, vous avez des nouvelles de Fausto ?

– On va le voir demain à l'hôpital, répond Bert.

– Fernand ne l'a pas raté, ajoute Hermeline. Quel con, celui-là !

– Il n'a certainement pas agi de manière particulièrement intelligente. On pourrait aussi se demander pourquoi il y a autant de violence chez ce garçon, mais je suppose que vous n'êtes pas là pour discuter de son cas...

– Non, poursuit Bert. C'est toujours au sujet de Faktorye. Elle aurait bien aimé être avec nous mais son père veut qu'elle quitte immédiatement l'école après les cours.

– J'imagine.

– Vous êtes au courant de ce que nous avons fait ?

– Bien sûr. On en a parlé dans la salle des professeurs. Je peux vous dire que les avis sont mitigés. Vous savez aussi que l'intervention du préfet n'a rien donné.

– Oui. Alors, on voulait vous demander s'il y avait encore moyen de faire quelque chose.

– Vous en avez parlé avec monsieur Vansteren ?

– Pas après le laïus qu'il nous a sorti tout à l'heure suite à la pétition, répond Bert.

– Un laïus ! rigole Francis Bartin. Il vous a fait un laïus ! Ça ne m'étonne pas, en fait. Bon, concernant Faktorye, je ne sais pas. Peut-être qu'il reste quelque chose à tenter. Vous, en tout cas, je pense que vous en avez fait assez. Si vous continuez votre croisade, vous risquez de vous ramasser autre chose qu'un laïus de monsieur Vansteren. Mais il subsiste peut-être une petite chance.

– Laquelle ? s'enquiert Bert, plein d'espoir.

– Je préfère ne pas vous en parler. J'aimerais simplement que vous disiez à Faktorye de préparer discrètement son sac, comme si elle partait avec le groupe. Sans me citer. J'insiste : sans me citer. D'accord ?

– D'accord ! répondent-ils en chœur.

– Et vous ne savez rien non plus ! Allez, bon

week-end. Remettez mon bonjour et mes vœux de prompt rétablissement à Fausto !

– Au revoir, Monsieur. Bon week-end et merci !

Francis Bartin se rassied à son bureau pour réfléchir. Cette fin de semaine a été chaude : d'abord la bagarre entre Baptisti et Vanscheit, puis la pétition des élèves de troisième année. Les discussions entre professeurs ont été animées pendant les récréations. Pour Vanscheit, pas vraiment de problème : il a fait l'unanimité contre lui. Francis Bartin ne s'est pas trop exprimé sur le sujet. Il ne connaît pas l'élève. Il regrette un peu qu'on n'ait pas parlé des raisons pour lesquelles Vanscheit s'est montré si brutal. Même s'il refuse la violence, il ne peut pas non plus, sans connaître leurs motifs, condamner d'office ceux qui l'utilisent. Pour lui, lutter contre la violence, c'est d'abord s'attaquer à ce qui la fait naître. On ne mettra pas fin au terrorisme en arrêtant les poseurs de bombes ou en interceptant à temps les kamikazes mais plutôt en supprimant leurs motivations. Face aux besoins et désirs immédiats de la société, c'est un travail énorme qui portera des fruits à long terme.

Quant à la pétition des élèves et leur volonté de ne pas partir en stage si Faktorye n'y va pas, certains de ses collègues s'en sont réellement offusqués. L'expression du préfet « lobby d'étudiants » a produit son petit effet. Monsieur Vansteren n'était pas l'un des moins énervés.

– Vous vous rendez compte ? On essaie de les aider autant qu'on peut et quand ça ne marche pas, ils nous passent sur la tête !

– Je ne pense pas que tel était leur but, avait répondu Francis Bartin. Ils ont simplement pensé que Dieu ferait mieux que ses saints.

– Dis, Francis, tu es dans une école de la Communauté française, ici. Dieu et ses saints, tu les laisses au vestiaire !

– C'était une façon de parler. Tu ne trouves pas que c'est réconfortant de voir des petits gars qui se bougent, plutôt que d'avoir devant soi un troupeau bêlant ?

– J'aimerais autant qu'ils se bougent pour leurs prépas de math !

– L'un n'empêche pas l'autre !

– Tu crois ? Laisse-moi rire ! Pendant qu'ils sont occupés à démêler leurs problèmes d'adolescents, ils ne pensent pas à leurs études.

– S'ils n'ont pas de problèmes d'ados maintenant, quand les auront-ils ?

– Enfin ! Si on savait comment vivre ces différences entre cultures, on y serait parvenus depuis longtemps. Et ce n'est pas en faisant du lobbying qu'ils y arriveront !

– La méthode n'est peut-être pas la meilleure, j'en conviens, mais elle a le bonheur d'exister. Elle nous montre qu'il ne faut pas baisser pavillon trop vite.

– Et elle a changé quoi, leur « action » ? Elle a fait perdre du temps au préfet et l'a mis de mauvaise humeur. À part ça…

– Je viens de te dire qu'ils nous indiquent de ne pas abandonner trop vite.

– Ne compte pas sur moi pour discuter une nouvelle fois avec ce gugusse de paternel !

– N'était-ce pas toi qui critiquais la violence ici même il n'y a pas vingt-quatre heures ?

– Si, pourquoi ?

– Là, tu tombes dans la violence verbale si chère à certains de nos élèves, Antoine…

– Arrête ! Ne viens pas me dire que ce type avec ses croyances est autre chose qu'un clown dans son rôle !

– Si tu avais été élevé et éduqué comme lui, tu te prendrais pour un gugusse ?

La discussion était devenue stérile et Francis Bartin se rend bien compte maintenant que c'était un peu de sa faute. Mais pour ce qui était de Faktorye, il n'avait pas laissé tombé les bras, que du contraire. Dès la fin de la première entrevue avec monsieur Soussan, il avait pensé à une autre façon de lui forcer la main. Une idée pas plus catholique qu'orthodoxe et pour laquelle il risquait peut-être un blâme. Après moins d'un mois de carrière ! Il avait donc hésité à se lancer. Toutefois, le lendemain de l'entrevue, il s'était rendu à l'ancienne école de Faktorye et avait pu rencontrer la directrice. Elle s'était montrée très compréhensive : elle connaissait les mêmes problèmes. Sans pouvoir l'aider officiellement, elle avait accepté de lui donner le relevé des absences « médicales » de Faktorye qui correspondaient à des activités para- ou extra-scolaires et, cerise sur le gâteau, l'adresse du médecin – chaque fois le même – qui avait délivré les certificats. Ce matin, la pétition des élèves a été le détonateur et il a pris sa décision : ce soir, il ira attendre son tour dans la salle d'attente du Dr Kapperstel. Tout ce qu'il espère, c'est que monsieur Soussan ne s'y trouvera pas en même temps que lui, ce qui ferait capoter son plan avant qu'il ait pu tenter de le mettre en œuvre.

19. Samedi après-midi
Hôpital Saint-Pierre

Hermeline, Bert et Ishak pénètrent à pas de loup dans la chambre 317. Le père de Fausto les accueille religieusement avec un doigt sur les lèvres. Il semble fort fatigué.

– Bonjour, les gars, chuchote-t-il. Fausto s'est endormi il y a dix minutes et je préférerais qu'on ne le réveille pas.

– Bien sûr, répond Hermeline sur le même ton.

Mais dans le dos de monsieur Baptisti, elle a clairement vu Fausto soulever discrètement une paupière.

Ils viennent tous trois se placer au pied du lit. Leur ami a la tête entièrement recouverte de pansements et seuls ses yeux sont visibles. À peine quelques secondes d'attente et il remue un peu, ouvre les yeux et leur fait un signe de la main.

– Tes amis viennent d'arriver, Fausto. À croire que tu as senti leur présence dans ton sommeil. Ça va ?

Fausto lève le pouce droit en signe d'assentiment. Puis il désigne le haut de son lit. Son père le redresse lentement pour qu'il se retrouve en position assise.

– Il ne peut pas encore se lever. Peut-être demain. Il entend mais il ne peut pas parler : sa mâchoire inférieure est immobilisée. Le pouce en haut, c'est oui. En bas, c'est non. Pour le reste, il a de quoi écrire.

Tout en expliquant, monsieur Baptisti a approché la table à manger pour permettre à Fausto de communiquer par écrit. Il arrange les oreillers, retend les draps du lit.

– Tu veux boire, Fausto ?

Pouce en bas.

– Te faut-il autre chose ?

Pouce en bas.

– Si ça ne te dérange pas, je te laisse quelques minutes avec tes amis pour aller à la cafétéria : j'ai vraiment envie d'un café. Et vous devez avoir des trucs à vous raconter qui ne me regardent pas.

Pouce en haut.

– Bon, j'y vais. Je n'en ai pas pour plus d'un quart d'heure. Ne le fatiguez pas trop, il n'est pas encore très en forme.

– Pas de problème, on ne va pas lui faire danser un pogo ! lance Bert, alors que monsieur Baptisti referme doucement la porte.

– Ben dis donc ! Il t'a salement arrangé, ce salaud ! commence Hermeline.

– Tu n'as pas trop mal ? demande Ishak.

– Quand est-ce que tu sors ? ajoute Bert.

De la main, Fausto fait le signe pour demander le calme. Il se met à écrire et les trois autres déchiffrent en même temps : *Je suis très très heureux de vous voir. Oui, ce salaud m'a bien amoché. J'ai mal mais ça va. Je sors mardi ou mercredi.*

– Hier, il y avait un avis aux valves disant que la procédure d'exclusion définitive de Fernand était lancée et qu'il ne pouvait de toute manière plus remettre les pieds à l'école.

– *Bonne nouvelle. Et pour Faktorye, ça a marché, la pétition ?*

Hermeline lui résume ce qui s'est passé depuis son hospitalisation mais ne parle pas de leur discussion avec Francis Bartin.

– Et toi, tu penses que tu pourras venir ? demande Ishak.

– Je l'espère !

– Les toilettes, c'est là ? demande soudain Hermeline.

Pouce levé. Elle part s'enfermer un instant pour essayer de se calmer. Si Fausto sort de l'hôpital mardi ou mercredi, il est impensable qu'il puisse participer au stage. Elle essaie de retenir ses larmes mais ça coule tout de même un peu. Ce serait le comble que Francis Bartin réussisse à faire venir Faktorye et que Fausto ne puisse pas partir. Plus elle y pense, plus elle se rend compte qu'elle est en grande partie responsable de tout ce qui est arrivé. Si elle n'avait pas voulu aider Faktorye, il n'y aurait pas eu ces discussions sur le chat de la CFF et Fausto ne se serait pas fait casser la figure par Fernand. Elle n'arrive plus à se contrôler. Elle éclate en sanglots. Elle se dégoûte. Elle vomit.

20. Journal de Fausto Baptisti

[...] mais finalement, ce qui m'a le plus marqué pendant ces six jours d'hospitalisation, c'est la première visite d'Hermeline avec Bert et Ishak, samedi après-midi. Après même pas cinq minutes, elle a couru s'enfermer dans le cabinet de toilette et on l'a entendue éclater en sanglots puis vomir. Bert et Fausto se sont précipités, mais elle avait fermé la porte à clef. J'ai essayé de me lever. J'ai tout de suite senti que ça n'irait pas et je me suis laissé retomber sur mon lit. Elle disait : « Ça va passer ! Laissez-moi deux minutes. » tout en alternant sanglots et vomissements. Et les deux autres ne pouvaient que dire : « Ouvre, Herm, ouvre ! » Alors j'ai sonné l'infirmière. Quand elle est arrivée, Bert lui a dit : « C'est Herm. Elle est malade mais elle s'est enfermée ! » Elle a sorti un passe et a débloqué le verrou.

– Holàlà ! Ça ne va pas, Mademoiselle ?
– Je vais mieux, a répondu Herm. Je… Je vais nettoyer tout ça.
– Pas question ! Venez ! Qu'est-ce que vous avez mangé ce midi ?
– Rien de spécial. C'est… c'est le stress.
– Venez avec moi. On va voir ce qu'on peut faire.
– Je… j'aimerais autant rester avec mes amis. On est venus voir Fausto.
– Vous êtes certaine que ça va ?
– Oui, oui, beaucoup mieux.
– D'accord. Rincez-vous la bouche et passez-vous de l'eau sur la figure. J'envoie quelqu'un pour arranger ça.

On en menait tous très étroit, là. L'infirmière est partie et Herm est sortie du cabinet de toilette quelques secondes plus tard. Elle avait le visage tout pâle et complètement défait.
– Ça boume, Herm ? a demandé Ishak.
– Oui.

Elle est venue directement près de moi, m'a pris les deux mains et m'a dit :
– Pardonne-moi, s'il te plaît !

J'ai libéré ma main droite. Pouce en haut. J'ai eu une illumination et j'ai écrit : *Je te pardonne tout ce que tu veux et tout le temps !* Elle a souri.

– Arrête, 'bécile ! Si tu es ici, c'est à cause de moi.

J'ai écrit : *J'en suis fier !*

– J'ai vraiment envie d'un bon café, a dit Bert en imitant l'accent de monsieur Baptisti. Pas toi, Ishak ?

Herm a éclaté de rire et moi aussi, même que ça m'a fait horriblement mal à cause de ma mâchoire bloquée. Aucun son n'est sorti par le petit trou de mes pansements qui sert à faire passer une paille pour boire et manger. J'ai brandi mon pouce vers le bas. J'ai écrit : *Ne me faites pas rire, ça me fait atrocement mal.* Ils ont essayé de se changer en quelque chose de sérieux, mais ce n'était pas évident. *Je ne sais pas si je participerai au stage Aventures. Herm, tu veux bien tenir le bloc de ton autre main ? Merci. Je serai de tout cœur avec vous et vous me raconterez tout.* Herm serrait toujours ma main gauche dans la sienne et la droite empêchait le bloc de feuilles de glisser pendant que j'écrivais.

La dame qui était venue nettoyer le cabinet de toilette est repartie, l'infirmière est revenue et a demandé à Herm :

– Alors, vous vous sentez mieux, Mademoiselle ?

– Oui, Madame. Merci beaucoup.

– Je vois effectivement que ça va beaucoup

mieux, a-t-elle ajouté avec un large sourire en regardant nos mains. Mais la prochaine fois que vous venez voir Fausto, s'il vous fait encore cet effet-là, pensez à soulever le couvercle de la cuvette !

Nouveau fou rire. Bon sang, qu'est-ce que ça peut faire mal de rire avec la mâchoire bloquée !

Hermeline est revenue me voir le lendemain. Seule. Mes parents ont eu la gentillesse de s'éclipser quelques minutes. Ce que nous nous sommes dit et écrit, je le garde pour moi. Non, petit journal électronique, ça, tu ne le sauras pas !

Demain matin, ils partent pour le stage Aventures. Avec tout ce qui m'arrive, je ne râle même pas de devoir rester ici. Lundi, je reprends les cours. La vie est gigabelle !

21. Mercredi matin

C'est l'effervescence dans un coin de la cour où les élèves en partance pour le stage Aventures ont rassemblé leurs bagages et attendent l'arrivée des autocars avec une certaine impatience. Élue déléguée de classe depuis lundi, Hermeline a été chargée de faire le relevé des présences en 3e C. Tout le monde est là sauf Faktorye.

– Monsieur Bartin n'a pas réussi, souffle-t-elle discrètement à Bert.

– Ouais. Le père Soussan est monstrueusement intraitable. Fallait s'y attendre.

– Il ne manque que Fausto et Jamila en 3e F et Faktorye. La 3e E est au complet.

– Bizarre qu'on n'ait toujours pas de nouvelles de Jamila depuis une semaine.

– Eh ! Mais c'est pas possible ! s'écrie soudain Octave. Regardez ça !

Tous les regards se tournent vers l'entrée. Faktorye vient de pénétrer dans la cour, toute rouge, le foulard en bataille, chargée de deux gros sacs de voyage. Bert se précipite pour l'aider, Octave sur les talons. Tous les élèves se mettent à crier et à applaudir. Hermeline lève la tête vers les fenêtres de la salle des professeurs. Francis Bartin est là, un large sourire aux lèvres. Il lui fait un clin d'œil et s'écarte alors qu'elle ébauche un geste de la main. Faktorye serre Hermeline dans ses bras.

– Je ne sais pas ce qui s'est passé, mais papa a changé d'avis !

– Super !

– Ce matin, quand je suis descendue, il m'a demandé, l'air maussade, si mon sac était prêt. « Quel sac ? » j'ai dit. « On ne me laisse pas le choix, il m'a dit. Tu pars au stage avec les autres. Dépêche-toi de préparer tes affaires ! » Heureusement que tu m'avais dit de le faire, au cas où. J'ai fait semblant de traîner un peu, qu'il ne se doute de rien, mais il a tout de même eu l'air étonné de me voir redescendre aussi rapidement. Peut-être qu'il espérait que je ne sois pas prête à temps.

– Je me demande ce qui l'a décidé à changer d'avis, dit Octave.

– Je n'en sais strictement rien, mais c'est génial ! Vous imaginez ? C'est la première fois que je pars sans mes parents !

– Extra ! dit Bert.

– Ouais, on va s'éclater là-bas! ajoute Octave. Le supermégapied !

Ils se sont décrétés tous deux chevaliers servants de la jolie Faktorye et Hermeline sait que, même s'ils seront fair-play, ils ne se feront pas de cadeau.

Les neuf professeurs qui accompagnent le groupe sortent des bâtiments. Monsieur Bartin s'approche de Faktorye.

– Bonjour à tous. Alors, Faktorye, tu as réussi à convaincre ton père à la dernière minute ?

– Je ne sais pas ce qui s'est passé, Monsieur. Je n'y suis pour rien. Je ne sais pas à qui je dois d'être ici maintenant mais je remercie cette personne de tout mon cœur.

– Les voies d'Allah sont sans doute aussi impénétrables que celles du Seigneur, philosophe Francis Bartin avec un petit sourire. En tout cas, je te souhaite un excellent stage, Faktorye. Et à tous les autres aussi, bien entendu. Allez, prenez vos bagages, les cars viennent d'arriver.

– Bravo ! Et merci ! chuchote Hermeline en passant près de lui.

– Motus ! répond-il sur le même ton.

22. *Journal de Francis Bartin*

Stage Aventures avec les 3e C-E-F du 22 au 24 septembre.

Premier jour

Une excellente surprise dès avant le départ. Quand j'ai entendu les élèves se mettre à crier et à applaudir, je me suis précipité à la fenêtre : Faktorye pénétrait dans la cour avec ses bagages ! Mon plan avait donc réussi. Pour la première fois de sa vie, Faktorye allait partir avec ses amis et sans ses parents. Sur le moment, je n'étais pas peu fier de moi. On verra lundi si je le serai toujours autant. Mais n'anticipons pas...

Pour moi aussi, ce stage fut une première expérience : un camp scout en tant que chef et un stage avec une classe en tant que professeur, ce n'est pas vraiment la même chose. Mais « commençons par le commencement », et au présent historique, comme il se doit !

Dans le car, ça se passe relativement bien. C'est bruyant. Les élèves sont tous un peu excités à l'idée de ce qui les attend. Le chauffeur a demandé qu'on ne boive ni ne mange dans son véhicule. Je me suis mis d'accord avec Éric Martin. Il surveille en haut et moi en bas pendant que nos deux collègues féminines, Françoise Leclercq et une certaine mademoiselle Rivion, professeur de science avec qui je n'ai pas eu beaucoup de contacts, papotent.

Je repère une fille en train de mastiquer quelque chose qui n'est pas du chewing-gum car elle avale. Je garde un œil faussement distrait sur elle, tout en parlant avec d'autres élèves. Quand je vois qu'elle porte une poignée de cacahuètes à la bouche, je m'approche.

– Ce sont des barreaux, là, ou c'est une vitre ?

– Euhhhh… ? Une vitre.

– Alors, comment fais-tu pour lancer des cacahuètes aux singes qui nous dépassent ? Car je suppose que c'est pour eux… Tu ne les manges pas, tout de même !

– Euh…

– Allez, tu fais disparaître ça !

– Oui, M'sieur.

Un peu plus tard, malgré le bruit, je perçois un pschîîît discret. Après quelques secondes, je vois une tête se pencher en arrière, celle de Louis, qui double sa troisième. Un gars pas très facile.

– Louis, c'est bon, ce que tu bois ?

– Vous voulez goûter, M'sieur Bartin ?

– Certainement !

Il se lève et s'approche de moi, une main derrière le dos. Arrivé à ma hauteur, il exhibe une boîte de rhum-coca. Ça démarre fort !

– Allez-y, goûtez !

On n'entend plus que le bruit du moteur et les conversations assourdies à l'étage. Réfléchir vite ! Je prends la canette, la porte à mes lèvres et la vide cul sec. Je la mets dans la poche de ma veste. Tous les regards sont concentrés sur moi. Je rote le plus discrètement possible. Ce qui déclenche un début d'hilarité.

– Excellent ! À l'arrivée, tous ceux qui ont des boissons alcoolisées les sortiront de leurs sacs avant de gagner les chalets. Et fouille des sacs à l'entrée des chalets. Les spiritueux sont interdits à l'école, jeunes gens. Et vous êtes à l'école, ne l'oubliez pas !

Je termine en élevant le ton :

– Celui ou celle qui essaiera de rentrer avec de la gnôle, je le ramène illico au bahut !

– En taxi ? ose demander Louis.

– En car ! Maintenant, va demander à monsieur Martin de descendre. Et méfie-toi : je ne te lâche plus !

Quand Éric est là, je lui raconte ce qui vient de se passer.

– La fouille des sacs avant d'entrer dans les chalets, c'était prévu. Il y en a toujours quelques-uns qui prennent de l'alcool. Mais qu'ils déposent volontairement leur gnôle en descendant du car, on ne l'a jamais fait.

– On essaie ?

– Tu vois ça comment ?

– Une fois qu'ils sont descendus, on leur demande de se regrouper et on leur explique ce qu'on attend d'eux, on s'écarte de quelques mètres et on leur tourne le dos pendant un instant. Ils déposent le tord-boyaux en tas au milieu du troupeau. Chez les scouts, ça fonctionnait plutôt bien.

– Et que faisiez-vous des prises ?

– Ben... On ne les laissait pas arriver à la date de péremption...

Plus d'incident jusqu'à l'arrivée. La récolte de boissons alcoolisées se déroule correctement et nous récupérons une dizaine de bouteilles anonymes. La fouille des sacs avant l'installation dans les chalets ne donne rien, signe que le petit discours de l'éducateur a porté ses fruits. Éric a également réglé le problème des fumeurs en proposant plusieurs pauses « cigarette » sur la journée. « C'est la meilleure, ou la moins mauvaise manière pour qu'ils ne fument pas dans les chalets. Il vaut mieux ça que de risquer un incendie. »

On laisse aux élèves une demi-heure pour qu'ils s'installent. Ils se sont répartis les huit chalets, quatre pour les filles, quatre pour les garçons. Nous sommes chacun responsable d'un groupe. À onze heures, premier rassemblement. C'est là qu'intervient l'équipe des animateurs, quatre hommes et deux femmes, qui vont diriger les activités aventuro-sportives. [...]

Deuxième jour

Mes collègues m'avaient prévenu, mais je ne les ai pas crus. Il était passé trois heures cette nuit quand les derniers chahuteurs se sont décidés à la fermer. Et ce matin, six heures et demie, ils sont debout, frais comme s'ils avaient dormi dix heures. En tant que cadet des accompagnateurs, c'est à moi que l'on a confié la dernière surveillance, à partir de minuit. À croire que les élèves s'étaient arrangés : j'avais à peine fini de calmer un groupe qu'un autre recommençait, trois chalets plus loin. En résumé, je suis crevé. Mais, rien à faire : après le petit-déjeuner, il faut repartir... à l'aventure. Mon groupe (neuf garçons de 3e C) et celui de mademoiselle Rivion (onze filles de 3e E) partent pour les passages de rivière : un cours d'eau de huit à dix mètres de large traverse le site et toute une série de ponts ont été aménagés pour le franchir. Cela va de la passerelle sans garde-fou, avec des planches à déplacer pour avancer, à la liane tarzanesque en passant par une dizaine de variantes de ponts de singes.

Tout se déroule bien jusqu'au troisième obstacle, composé de deux simples câbles tendus l'un au-dessus de l'autre à un mètre cinquante de distance. Le moniteur, Étienne, passe le premier pour montrer la technique puis me demande de venir le rejoindre pour l'aider à faire monter les élèves de l'autre côté car la berge, abrupte, est très glissante. Je m'engage. Arrivé au milieu de la traversée, Étienne crie aux élèves :

– Il n'est pas interdit de secouer les câbles !

Sympa ! Là, c'est la ruée immédiate! Ils empoignent les câbles et se mettent à les secouer comme des dingues. Mes pieds perdent leur appui après deux secousses. Je réussis à passer les bras par-dessus le câble du haut et je m'agrippe. Le mouvement du câble devient de plus en plus violent et ils redoublent d'effort en voyant que je faiblis. Qu'ai-je donc fait à ces gosses pour qu'ils s'acharnent ainsi ? Ils veulent voir un symbole scolaire tomber à l'eau ? Comme si je ressemblais à un symbole ! Leurs cris s'intensifient encore quand je suis tout prêt à lâcher prise. Et je lâche. « Oooooh ! » Cris de déception. Aucun n'a remarqué qu'avant de m'assurer, j'ai mis en double la corde de mon baudrier, raccourcissant ainsi sa longueur de moitié. Je reste suspendu bien haut : mes pieds ne touchent même pas l'eau.

– Félicitations, les gars ! Bravo pour vos efforts ! J'ai rarement vu des élèves dépenser autant d'énergie pour un professeur ! Si vous voulez bien vous reposer un peu, que je puisse finir l'exercice.

Je touche terre de l'autre côté. Étienne rit de toutes ses dents.

– Bien joué sur ce coup-là !

– J'ai tâté de la spéléo il y a quelques années. Je sais comment m'assurer. Tu réserves toujours cette bonne surprise aux professeurs ou c'était rien que pour moi ?

– Avec les hommes uniquement. Les jeunes ! Faut bien faire plaisir aux élèves de temps en temps, non ?

– Bien sûr.

Les élèves traversent un par un, parfois avec difficulté, mais personne ne se mouille. Mademoiselle Rivion passe la dernière après avoir obtenu la promesse que les câbles ne seraient pas secoués. Quand elle en est aux trois quarts de son exercice, le moniteur démarre avec les élèves pour le pont suivant, me laissant le soin d'accueillir ma collègue.

– Quelle bande de sauvages ! souffle-t-elle, les dents serrées, en retrouvant la terre ferme.

– Bah, ce sont encore de grands enfants.

– Vous auriez pu vous retrouver dans l'eau.

– Je m'attendais un peu à ce genre de choses.

– Je pense que je vais rester de ce côté-ci jusqu'à la fin du jeu.

– Tu devras en tout cas retraverser quelque part, les chalets sont de l'autre côté.

– Il y aura bien un pont digne de ce nom...

– Aucune idée.

Elle peut dire ce qu'elle veut, elle n'a rien fait quand les élèves me secouaient comme un prunier. Nous rejoignons le groupe qui a déjà pris d'assaut un filet géant qui s'élève, retenu par des câbles, à cinq mètres au-dessus du milieu de la rivière et redescend vers l'autre rive sans aller vraiment jusqu'au bord. Il faut faire une culbute, se laisser pendre et se balancer jusqu'à poser les pieds sur la berge et être tiré par un autre pour se redresser. Le premier à passer, un garçon, fait trempette dans quarante centimètres d'eau : il n'y avait personne pour l'aider à l'arrivée. Il en va de même pour les trois filles qui suivent. Rien de bien grave.

– Les dames d'abord, dis-je, invitant ma collègue à me précéder.

– Très peu pour moi. Je vous attends au pont suivant.

– Étienne, il existe un pont normal plus loin ? demandé-je au moniteur qui vient de s'élancer.

– Rien du tout. Celui-ci est un des plus faciles. N'ayez pas peur, Mademoiselle. Votre collègue va vous aider et je serai là pour vous recevoir.

– Merci de votre aide, me dit-elle. Vous bluffez !

Les élèves ont beau scander son nom et l'encourager, elle s'éloigne vers l'obstacle suivant. Je franchis le filet sous le regard attentif de la meute. À l'arrivée, Étienne m'attrape par le baudrier et me tire sur le sol ferme. Nous voilà quittes.

– Elle ne veut pas passer ? demande-t-il.

– On dirait que non. Tu bluffes pour le pont qui n'existe pas ?

– Le seul, c'est celui par lequel vous êtes arrivés. À trois kilomètres du dernier obstacle. Ça va lui faire une bonne marche.

Notre va-et-vient d'une rive à l'autre se poursuit dans la bonne humeur et l'humidité. Étienne et moi devons parfois discuter avec des élèves plus timorés, leur montrer plusieurs fois comment ils doivent s'y prendre, voire traverser avec eux mais au bout du compte, tout le monde participe à fond. Pour l'avant-dernier pont, le moniteur me propose de passer le premier, en toute tranquillité, s'empresse-t-il de préciser. L'obstacle, à première vue, ne paraît pas très impressionnant : un long filet d'un mètre vingt de large, aux mailles de trente centimètres de côté. Il faut passer à genoux en s'assurant à un câble placé un peu plus haut et en se tenant aux bords du filet. Je me lance. L'exercice s'avère rapidement plus dur que prévu. N'ayant jamais fait de pèlerinage à Lourdes, la progression sur les genoux n'est pas ma spécialité. De plus, le mouvement de l'eau qui s'écoule vers ma droite provoque un effet d'optique : j'ai l'impression de basculer de ce côté. Je compense donc par réflexe en portant mon poids vers la gauche du pont de singe pourtant immobile. Plus d'une fois, je suis à l'extrême limite de renverser complètement le filet, comme quand on fait l'andouille dans un hamac, et de me retrouver dans l'eau, le tout sous les encouragements des élèves. J'arrive finalement à bon port et me redresse sur des jambes flageolantes. Vraiment plus l'habitude de ce genre d'exercice. Trois garçons traversent à ma suite. Le quatrième, trop franc, fait le plongeon. Retenu par sa corde de sécurité, il parvient à remonter sur le filet et nous arrive tout trempé sous les hourras de ses copains.

– Tu devrais retourner te changer.

– Pas la peine. Il n'y a plus qu'un passage et ici, on est du mauvais côté.

– Effectivement, dis-je en jetant un coup d'œil à ma collègue assise à l'écart.

Mal à l'aise, se demandant où est le pont digne de ce nom qu'elle espère rencontrer sans oser insister auprès du moniteur, elle se tient de plus en plus à l'écart du groupe. Elle est la seule à ne pas participer. Un cri ramène mon attention vers la rivière. Julie, une des plus timides de la classe, vient de faire la culbute et ça se passe mal : son mousqueton, mal fermé, s'est ouvert et elle n'est pas restée accrochée au câble de sécurité. Son pied gauche est pris dans les mailles du filet et elle a la moitié du corps dans l'eau. Étienne s'avance le plus vite possible sur le pont. Je n'hésite pas : je saute. J'ai rapidement de l'eau jusqu'à la poitrine. Je m'accroche aux cordes du pont et elle est à ma portée en quelques secondes. Je lâche une main, agrippe son pull et la tire vers le haut. Elle émerge, se débat, complètement paniquée. Étienne, arrivé une seconde après moi, essaie de décoincer le pied de la fille mais son poids accentue l'effet d'étau sur la cheville. Il se décide à sauter et parvient à la libérer. Elle hurle de peur. À nous deux, nous la ramenons lentement sur la berge où elle s'écroule, hoquetante, épuisée.

– Occupe-toi d'elle ! me jette Étienne. Je fais passer les autres.

– Mais...

– C'est ça, un stage Aventures, dit-il en se tournant vers les élèves restés de l'autre côté.

Puis, haussant la voix pour que tout le monde prenne conscience du message :

– Vous voyez ce qui arrive quand on ne ferme pas bien son mousqueton ! J'arrive, et le premier qui ne suit pas la consigne, je le flanque à la flotte.

Il repart de l'autre côté. Julie commence à retrouver son souffle.

– Ça va aller. Tu as bu une bonne tasse. Heureusement que ce n'est pas de l'eau de mer !

– Ça va, Julie ? demande mademoiselle Rivion qui vient de rejoindre notre petit groupe.

– Oui, ça va... Quelle horreur !

– Oh oui ! dis-je. Tu as bien dû rester dix secondes la tête dans l'eau ! Quel exploit ! Au pont suivant, le dernier, tu essaieras quinze secondes ! Le record du monde est à dix-sept secondes et trente-deux centièmes. Tu peux y arriver, avec un coach comme moi et un peu d'entraînement !

– Ne me dites pas… qu'il faudra encore… traverser la rivière…

– On n'a pas vraiment le choix, à moins de se taper six kilomètres de marche.

– C'est pas vrai ! Il n'y a pas de pont ? s'inquiète et s'indigne ma collègue.

– Si ! Trois kilomètres plus loin, celui par lequel on est arrivés. Plus le retour. À moins qu'Étienne ne continue à bluffer.

– Bon sang…

Tous les autres élèves, pressés par Étienne, traversent en un temps record. Il passe le dernier et les rassemble.

– Un dernier effort ! Encore un passage puis on rentre. On est pratiquement tous mouillés, certains plus que d'autres. Alors, on ne va pas traîner. Je propose un petit sprint de deux cents mètres jusqu'au dernier pont, celui de Tarzan. OK ?

– OK, Étienne ! crient-ils tous ensemble.

– T'es avec nous, Julie ?

– Oui !

Et le groupe démarre derrière le moniteur comme s'il était question de battre le record du monde de la distance. Je fais le camion-balai, mademoiselle Rivion à mes côtés.

– Fran…ciiis ? hoquette-t-elle tout en courant.

– Voui ? m'étonné-je car c'est la première fois qu'elle m'appelle par mon prénom.

– Vous feriez… le détour… par le pont avec moi ?

– Euh… C'est quoi… votre prénom ?

– Roxanne… Avec deux… zennes… Alors ?

– Écoute, Roxanne… Je ne peux pas laisser Étienne… tout seul avec cette bande… de sauvages… En plus… je suis trempé… Désolé… Allez, Julie, courage !… On y est presque !

Pas question pour moi d'accompagner cette demoiselle avec deux zennes qui n'est pas zen du tout !

Le dernier passage de la rivière se fait à la Tarzan ou à la Jane. Une échelle d'alpiniste – deux minces filins métalliques avec des barreaux étroits fort espacés – permet d'accéder à un plancher posé sur la fourche d'un arbre. Là, on s'assure non pas à une liane mais à une corde dont l'extrémité en forme de boucle accueille l'un des pieds de l'apprenti homme-singe. On s'agrippe des deux mains et on se laisse aller. De l'autre côté, on s'accroche à un filet vertical, on libère le pied et le mousqueton et on lâche la corde que le suivant ramène à son point de départ grâce à un filin de rappel. Ça passe comme un e-mail quand la connexion fonctionne.

Julie, pas très à l'aise, me demande s'il est

possible qu'elle passe avec moi. Je la prépare à la grande traversée : le mousqueton de sécurité dans l'anneau, le pied dans la boucle, les deux mains sur la corde à hauteur du visage. Plutôt que de m'assurer comme elle, je m'attache à son baudrier et, saisissant la corde au-dessus de ses mains, je nous lance dans le vide. Comme je l'ai prévu, elle s'agrippe tellement à la corde qu'elle ne pense pas à saisir le filet. Je lâche la corde et l'attrape des deux mains, nous empêchant de repartir dans l'autre sens. Elle s'accroche à son tour et je nous détache. Les élèves applaudissent. Ça fait du bien !

Les derniers rois et reines de la jungle traversent et il ne reste bientôt plus que Roxanne Rivion sur la berge opposée.

– Vous êtes certain qu'il n'y a pas d'autre pont ? crie-t-elle.

– À trois kilomètres en amont, répond Étienne.

– Et en aval ?

– Sais pas. Certainement plus de cinq kilomètres. Allez, lancez-vous ! Celui-ci est facile !

– Francis, vous pouvez venir m'aider ?

Je regarde Étienne dont le petit sourire en dit long. Les élèves ne ratent pas l'occasion et se mettent à scander « Fran-cis ! Fran-cis ! » dans l'espoir de me voir à nouveau faire mon numéro de haute voltige avec *Miss* Rivion.

– Ce n'est pas possible ! crie Étienne. Le plancher est trop haut pour passer dans l'autre sens.

Il fait taire les élèves et ajoute prestement :

– Allez, grimpez, Mademoiselle !

Toute la bande fait silence. On entend à peine le murmure de l'eau dont le cours à l'endroit où nous sommes est très paisible. Rivion hésite un instant puis se décide. Problème : le premier barreau de l'échelle est placé fort haut et plusieurs fois les élèves ont dû se faire la courte échelle pour parvenir à y poser le pied. Roxanne est toute seule et pas très grande.

– Plus haut ! crie Étienne. Lancez la jambe bien haut !

Ce qu'elle s'échine à faire quand, à l'instant où la plante de son pied se pose enfin sur l'échelon convoité, un crac bien sonore nous annonce que le fond de son pantalon n'a pas résisté au stress. Tout le monde éclate de rire, moi y compris, je dois bien l'avouer. Rouge comme un zéro sur vingt, Rivion entame son escalade. L'étroite échelle, bien visible d'où nous nous trouvons, offre des échelons moins distants les uns des autres mais un grimpeur de petite taille doit tout de même lever la jambe bien haut. Sans avoir besoin de jumelles, nous voyons que la déchirure du pantalon s'accroît à chaque échelon et que la demoiselle porte… un string ! Sur cette berge-ci, c'est le délire ! Rires, coups de sifflet et...

– Wôôô ! Les belles pêches !

– Plus haut, la jambe !

– Fameux appâts pour les poissons !

J'essaie en vain de les faire taire. Je n'existe plus. Roxanne atteint le plancher. De rouge, elle est devenue blême. Elle tire sur le filin de rappel pour ramener la corde. Étienne, qui a recouvré un semblant de sérieux, lui indique tout ce qu'elle doit faire sous l'intarissable flot de quolibets des élèves. Il grimpe dans le filet pour la réceptionner.

– Allez-y, c'est bon !

– C'est très bon !

– Allez, Mam'zelle, faites-nous le grand courant d'air !

– Mais attention aux gerçures !

Les remarques sont déplacées et, pour faire taire leurs auteurs, je hurle un « vos gueules » tout aussi déplacé mais qui provoque un silence immédiat.

En face, Rivion nous regarde. Elle serre les dents à s'en faire éclater l'émail. Ceux qui savent lire un visage n'y déchiffrent pas vraiment de l'amitié. Elle s'élance. Étienne la plaque dans le filet. Je remarque qu'il aurait pu mettre la main plus haut.

– Wouaiiiiiis, hurlent tous les élèves.

De ma voix la plus forte :

– Direction le réfectoire ! En avant ! Et ne traînez pas ou on va rater le déjeuner !

Je les pousse du mieux que je peux, pendant qu'Étienne détache Roxanne et l'aide à descendre du filet.

– Monsieur Bartin !

Je me retourne. Les pieds de ma collègue ont retrouvé la terre ferme. Elle est en train de nouer les manches du sweat-shirt d'Étienne à sa taille. Elle s'approche de moi.

– Vous me paierez ça ! Intérêts compris ! me crache-t-elle.

Et elle s'en va d'un pas appuyé vers le complexe qui héberge nos aventures [...]

23. Journal d'Hermeline

Salut, petit journal ! Désolée de t'avoir délaissé pendant trois jours mais c'était trop risqué de te prendre avec moi : tu es secret et tu dois le rester. Tu veux savoir comment c'était ? GÉNIAL ! Ce stage Aventures était GÉNIAL ! Sauf que Fausto n'était pas là. Mais il va très bien. Je viens d'échanger quelques mails avec lui pour lui raconter un peu ces trois jours. Il aura les détails demain quand je passerai le voir.

[...] Quand on est rentrés aux chalets un peu avant midi, le préfet était là. Il est passé saluer toutes les chambrées et parler un peu avec les élèves. Chez nous, il ne m'a rien dit de particulier mais il a parlé avec Faktorye à l'écart. Il lui a demandé si elle savait pourquoi son père avait changé d'avis. Elle n'en savait évidemment pas plus car je ne lui ai pas dit que monsieur Bartin était encore intervenu.

On avait déjà commencé à manger quand le groupe de Bert et de monsieur Bartin est arrivé. Bert est venu s'asseoir à côté de moi pour me raconter.

[...] Quand on est repartis, monsieur Bartin et le préfet discutaient toujours dans un coin du réfectoire. Monsieur Bartin n'avait vraiment pas l'air à l'aise.

Pour la première fois, toute l'option Art, filles et garçons, était dans le même groupe. Est-il indispensable de préciser que Bert ne se tenait plus ?

Au programme de l'après-midi : marche en forêt et jeux d'adresse. De la petite bière après le mur d'escalade de la matinée qui m'avait laissé les bras en compote. Accompagnatrices : Leclercq et Rivion, qui avait changé de pantalon mais continuait à tirer une tronche pas possible. Faut dire que les garçons n'arrêtaient pas de la regarder en rigolant. Avant de partir, j'ai mis Bert en garde et lui ai raconté comment Faktorye avait réussi à flanquer une claque à Octave qui la collait de trop près sur le mur.

La technique de Bert était fort différente de celle d'Octave : toute en douceur et en prévenances discrètes. Et ça a marché ! Lors d'un passage un peu difficile, il a pris la main de Faktorye pour l'aider et... ne l'a plus lâchée, à mon grand étonnement. Je me suis dit que, pour une première escapade sans ses parents, Faktorye rattrapait vite le temps perdu !

[...] Au repas du soir, l'ambiance a très vite monté : une « veillée dansante » animée par les moniteurs devait suivre. Quand la première activité a commencé (un quiz musical), j'ai vu que monsieur Bartin allait s'installer à l'écart. Depuis sa discussion avec le préfet, sa bonne humeur habituelle avait disparu. Je suis allée le retrouver dans son coin.

– Vous ne jouez pas, Monsieur ?

– Pas très envie, non.

– Ça s'est mal passé avec monsieur Claessen ?

– On ne peut rien te cacher.

– Grave ?

– Un peu, oui.

– C'est à cause de Faktorye ?

– Non, c'est à cause de moi. Disons que c'est le métier qui rentre. Mais je ne regrette rien.

D'un signe de tête, il m'a désigné Faktorye et Bert. Elle était assise sur les genoux de Bert, un bras passé autour de son cou. Ils semblaient tous deux installés sur un petit nuage.

– Sans vous, ce ne serait pas arrivé.

– Peut-être un peu plus tard. Bert a l'air de quelqu'un qui sait ce qu'il veut. Bon ! Moi, je vais me coucher. Je suis mort. Et faites gaffe cette nuit : c'est monsieur Martin qui fait la fermeture...

– Vous ne voulez pas me dire ce qui s'est passé ? On ne peut rien faire pour vous aider ?

– Tu es curieuse, Hermeline ! Surtout, plus de lobbying ! Tu es bien gentille aussi mais ce sont des histoires d'adultes et c'est aux adultes de s'en occuper. Contentez-vous des problèmes de votre âge. Allez, va t'amuser ! Bonne soirée !

– Bonsoir, Monsieur.

[...] On est remontés dans les cars à deux heures. C'était le calme plat : tout le monde était crevé, même les plus coriaces. Moi, je ne pensais plus qu'à une chose : le lendemain, j'allais retrouver Fausto.

Vivement demain !!!!!

24. Lundi matin

Quand Hermeline et ses amis arrivent dans la cour, c'est tout de suite l'attroupement : beaucoup d'élèves veulent serrer la main de Fausto et prendre de ses nouvelles. Il est un peu le héros du moment : c'est grâce à lui que Fernand Vanscheit a été renvoyé. La moitié inférieure de son visage est toujours emmaillotée dans des pansements bizarres. Il a une ardoise magique sur laquelle il écrit.

Chloé Lherme s'approche du groupe, prend des nouvelles de Fausto puis signale à Ishak qu'à la sonnerie, il doit se rendre au bureau de monsieur Larque. Du coup, l'ambiance retombe d'un cran. Ishak a l'air tout étonné.

– T'as fait des conneries pendant le stage ? écrit Fausto.

– Pas que je sache, répond-il tout penaud.

– C'est peut-être une erreur, avance Hermeline.
– C'est pas le genre de Larque, dit Sadjat. J'ai déjà été appelé plusieurs fois chez lui et ce n'était jamais une erreur, malheureusement.
– On saura à la récré, conclut Fausto sur son ardoise.

Pendant qu'ils travaillent à leurs projets, madame Decoster autorise les élèves de 3e Art, peu nombreux et appliqués, à écouter de la musique – en sourdine, ni techno ni rap ! – et à papoter calmement entre eux.
– Tu sais quelque chose pour Ishak ? demande Hermeline.
– Absolument rien ! répond Bert.
– Il n'a pas fait l'andouille pendant le stage ?
– Tu le connais : plus discret que lui, il n'y a qu'une tombe.
La porte s'ouvre et monsieur Pertot entre en classe.
– Bonjour, Madame Decoster. Désolé de vous déranger. Monsieur le Préfet voudrait voir Hermeline Marcœur.
– C'est le jour ! marmonne Bert. Toi non plus, tu n'as rien fait, je suppose.
– Pas que je sache.
Hermeline dépose son fusain et quitte la classe à la suite de l'éducateur.

– Que se passe-t-il ? s'inquiète-t-elle.

– Rien de grave en ce qui te concerne, ne te tracasse pas.

– Et pour Ishak Ben Malahouf, vous savez quelque chose ?

– Non, absolument rien. Qu'est-ce qu'il a fait ?

– On ne sait pas. Il a été appelé chez monsieur Larque ce matin.

– Ishak ? Bizarre. Si tous les élèves étaient comme lui, on pourrait supprimer les postes d'éducateurs dans l'école. Voilà, on y est. Ne stresse pas, on va juste te poser quelques questions.

Monsieur Pertot frappe, ouvre la porte, annonce mademoiselle Marcœur, s'écarte pour laisser entrer Hermeline et referme derrière elle.

– Bonjour, Hermeline.

– Bonjour, Monsieur.

– Je te présente l'inspecteur Pontois.

L'homme s'avance vers Hermeline, main tendue.

– Bonjour, Hermeline.

– Bonjour, Monsieur. Je ne…

– Ne t'inquiète pas, je ne suis pas venu t'arrêter ! rit-il. Assieds-toi !… Tu connais Jamila Djelmali ?

– Oui.

– Vous êtes fort amies ?

– On s'entend bien, oui. Surtout depuis cette année.

– Vous vous voyez souvent en dehors de l'école ?

– De temps en temps. On n'habite pas vraiment dans le même coin.

– Quand l'as-tu vue pour la dernière fois ?

– Qu'est-ce qui...

– Réponds à ma question, s'il te plaît. Je t'expliquerai après. Quand ?

– Euh... Attendez... C'était ici, à l'école, le jour où Faktorye est arrivée. Ça fait juste deux semaines aujourd'hui.

– Et tu ne l'as plus revue depuis ?

– Non.

– D'autres contacts ? Téléphone ? SMS ? E-mails ?

– Non, rien. Enfin, comme elle ne venait plus sur le chat, je lui ai téléphoné et j'ai laissé un message sur sa boîte vocale. Je lui ai aussi envoyé deux SMS et plusieurs e-mail*s* mais elle n'a jamais répondu.

– Tu ne t'es pas inquiétée de son silence ?

– Un peu, oui, au début mais ça m'est sorti de la tête à cause d'autres problèmes avec les amis et le stage.

– Des histoires d'école, Monsieur Pontois. Rien à voir avec votre affaire, intervient le préfet.

– Donc, plus aucune nouvelle de Jamila depuis deux semaines.

– Non, rien. C'est…

– Elle ne t'a pas laissé un message ? Elle ne t'a jamais dit qu'elle comptait partir de chez elle ?

– Non ! Elle est partie ?

– Demain, ça fera exactement deux semaines qu'elle a quitté son domicile.

– Et depuis deux semaines…

– Nous n'avons appris sa disparition qu'avant-hier. Ses parents étaient partis au Maroc pour deux semaines et Jamila était seule chez elle. Ils sont rentrés samedi et ont trouvé un mot de Jamila : « Je prends aussi quelques vacances. Ne vous inquiétez pas pour moi. » Les voisins l'ont vue partir le mardi matin avec un sac. Ils ont cru qu'elle allait loger chez une amie en l'absence de ses parents et ne se sont pas inquiétés. Tu sais pratiquement tout. Tu es certaine que tu n'as pas d'information à me donner ?

– Non, je vous jure !

– Bon. Voici mon numéro de portable. Si jamais Jamila entre en contact avec toi, essaie de savoir où elle est et appelle-moi tout de suite.

– D'accord.

– Merci, tu peux retourner au cours.

La jeune fille quitte le bureau, sidérée par ce qu'elle vient d'apprendre.

25. Cour de récréation

Les nouvelles se sont répandues comme deux traînées de poudre jumelles dans les classes de troisième: Ishak Ben Malahouf de 3e E est renvoyé de l'école et Jamila Djelmali de 3e F est en fugue depuis deux semaines. Les bouches ne savent plus où donner de la langue et le caractère totalement inattendu de ces deux « affaires » consterne et énerve les élèves tout à la fois.

– Y a quelqu'un qui a eu des nouvelles de Jamila ?

– Si quelqu'un est au courant, il n'a rien dit.

– Et Ishak ? Qui sait ce qu'il a fait ?

– Personne ! Il est revenu en classe avec Larque, il a vidé son banc et il est reparti sans dire un mot.

– Il avait quel air ?

– Celui d'une chambre sans !

– Un air de mort-vivant qui vient de pleurer.

– Moi, Jamila, j'ai déjà pensé à faire comme elle.

– Arrête tes conneries !

– Ou alors, n'en parle pas et fais-le, connasse !

– Me parle pas sur ce ton, pauf' débile!

– Elle avait des problèmes chez elle ?

– Pas l'air.

– J'aimerais quand même bien savoir pourquoi Ishak s'est fait virer.

– Ça fait des années qu'on se connaît. Depuis les primaires. Il a jamais eu une note dans son journal de classe.

– C'est dégueu !

– Je propose qu'on rentre pas en classe avant de savoir.

– Ouais ! Que Larque vienne s'expliquer !

– D'ac ! Faites passer : on rentre pas en classe avant de savoir pourquoi Ishak s'est fait virer !

Tout s'organise très vite et, au coup de sonnette, les élèves des huit classes de troisième, plutôt que de se ranger là où ils doivent le faire, se rassemblent en un groupe compact. Les huit délégués de classe se placent devant.

– Et alors, les troisièmes ? Que se passe-t-il encore ? s'insurge monsieur Martin. Allez vous ranger !

– On veut savoir pourquoi Ishak a été renvoyé ! lance Kevin Dubois, le délégué de la 3e E.

– C'est pas votre problème ! Rangez-vous ! » hurle l'éducateur.

Personne ne bouge. Éric Martin se tourne vers les professeurs qui viennent prendre leur rang.

– Ils veulent savoir pourquoi Ben Malahouf a été renvoyé...

– C'est leur droit, non ? dit Francis Bartin.

– Francis, tu devrais peut-être la mettre en veilleuse, non ? répond un collègue blanchi sous le harnais.

– Même si j'ai vingt ans d'ancienneté de moins que toi, je suis majeur et vacciné !

– Messieurs ! Messieurs ! Un peu de tenue devant les élèves ! Je vais chercher monsieur Larque ! annonce madame Stervijn en tournant les talons pour se précipiter vers l'entrée des bâtiments.

En attendant l'arrivée du préfet de discipline, les professeurs tentent de convaincre les élèves de se ranger. Peine perdue. Ils n'entendent qu'une unique question en réponse à leur demande : « Pourquoi Ishak a-t-il été renvoyé ? » Moins de deux minutes plus tard, Claude Larque arrive à énormes enjambées, madame Stervijn courant presque derrière lui.

– Vous vous rangez ! aboie-t-il. Qu'est-ce que c'est que cette pagaille ?

– On veut tous savoir pourquoi Ishak a été renvoyé ! se risque Kevin Dubois d'une voix moins assurée que précédemment.

– Dubois, à mon bureau immédiatement ! Et les autres se rangent ! s'égosille Claude Larque.

Tête basse, Kevin Dubois s'écarte du groupe des délégués et se dirige vers l'entrée.

– Mais...

– Tais-toi, Hermeline ! lui dit-il.

Lentement, les élèves commencent à former les rangs en bougonnant.

– Et en silence ! Vermeersch ! Vous aussi, à mon bureau ! Encore une fois, hein, Vermeersch ?

Le visage de Claude Larque a pris la couleur d'un anti-crash de Rolls-Royce. Le silence s'installe instantanément et les rangs se forment comme par magie.

– La décision de renvoyer Ishak Ben Malahouf a été prise samedi matin, lors d'un conseil de classe extraordinaire. Il s'agit d'une décision collégiale, prise par l'ensemble des professeurs de l'élève.

Puis, en hurlant de nouveau :

– Et les raisons de ce renvoi ne vous regardent pas !

Il adoucit le ton pour s'adresser à la titulaire de 3e B :

– Madame Stervijn, vous pouvez avancer.

Et, ultime coup de gueule :

– Et en silence !

Le premier rang s'ébranle. Dans celui des 3e C, Bert souffle à Hermeline :

– Ça, c'est de l'autorité...

– Tais-toi ! marmonne son amie sans desserrer les dents.

– Vive Ishak ! Vive l'anarchie ! lance vivement Bert.

Claude Larque barrit trois fois plus fort que Bert :

– Verplaen ! Dans mon bureau !

Bert sort de son rang. S'extrayant d'une autre file, Fausto le suit. Il laisse son ardoise magique à Hermeline qui la lit et la passe à sa voisine avant d'emboîter le pas aux garçons. Et l'ardoise circule et les élèves se dirigent vers le bureau de Claude Larque, médusé. Pas besoin d'une chaîne sur le net. Fausto a juste écrit : « Venez parler pour moi. »

26. *Ishak raconte*

De : “Ishak Ben Malahouf” <IBM_2500@yahoo.fr>
À : <hermeline@yahoo.fr>, <faustobap@yahoo.fr>, <bverplaen@yahoo.fr>
Objet : Remballé

[...] Quand j’ai poussé la porte, je n’avais pas la moindre idée de ce qu’on me reprochait.

– Alors, Ishak Ben Malahouf alias IBM_2500, a commencé Larque sans même me saluer, on se prend pour un petit génie de l’Internet ?

J’ai immédiatement compris qu’il allait être question de mon blog, assez utilisé par les élèves pour les tuyaux qu’ils peuvent y trouver sur les cours de math de certains professeurs. J’ai décidé de jouer les innocents et j’ai pris l’air étonné.

– Regardez ceci, jeune informaticien !

Larque m'a tendu une feuille de papier. Un court texte dactylographié : « Ishak Ben Malahouf (3e E) alias IBM_2500 a ouvert un blog sur lequel il refile plein de trucs sur les cours de Legrand, Lhermite et Jonas. Va voir sur "http://prendreletheetletemps.skyblog.com". La Flamme de la Vengance. »

– Il y a une faute à vengeance, ai-je essayé de feinter.

– Pas grave. Rares sont nos élèves qui écrivent sans faute. Vous avez une idée de qui se cache derrière cette Flamme ?

– Non. Aucune.

– Il y a longtemps que vous avez… ouvert ce… blog ?

– Je l'ai préparé pendant les vacances et il est disponible depuis la rentrée.

– Beaucoup de visites ?

– Non, j'ai menti.

– Ah bon ? Votre compteur indique pourtant près de trois cents visites en moins d'un mois…

J'ai compris que j'étais en train de m'enfoncer. Que monsieur Larque savait utiliser un ordinateur et que j'avais été gigabête d'installer ce compteur de visites sur mon blog.

– Cette lettre est arrivée jeudi. J'ai eu tout le loisir de visiter votre blog. Les professeurs concernés par vos « tuyaux » ont fait de même. Madame

Legrand et monsieur Lhermite comprennent mieux maintenant pourquoi les premiers résultats de leurs élèves sont si bons cette année ! Alors, Monsieur IBM_2500 ?

Que pouvais-je répondre ?

– Je n'ai pas trouvé d'interrogations sur votre blog mais les professeurs sont persuadés que vous en avez des copies...

– Je les scanne toujours avant de les rendre.

– Et...

– Je les envoie en pièces jointes aux élèves qui me les demandent.

– Ben voyons ! Vous rendez-vous compte que madame Legrand et monsieur Lhermite vont devoir repenser de A à Z leur manière d'interroger ? Imaginez-vous la somme de travail que cela représente depuis l'instauration du système d'évaluation par compétences ?

Là, j'ai pressenti que ça allait très mal se terminer pour moi.

– Nous avons réuni un conseil de classe extraordinaire samedi matin pour régler ce problème. Il ne faut surtout pas que votre idée fasse son chemin et inspire d'autres fraudeurs. Il nous fallait donc, pour utiliser une expression à la mode, donner un signal très fort. Il a été décidé de vous renvoyer définitivement de l'école ! [...]

27. Journal de Francis Bartin

Mercredi, 29 septembre – Deuxième recommandé !!!!!

Serais-je en train d'essayer d'établir un record de blâmes pour un professeur débutant ? Je l'ignore mais ça semble bien parti. Je récapitule bêtement. J'ai besoin de noircir du papier pour me calmer...

Dès lundi, au retour du stage Aventures : premier recommandé. J'étais au courant : le préfet n'était pas venu faire coucou pendant le stage uniquement pour prendre la température des élèves. C'était aussi pour m'annoncer que le docteur Kapperstel était venu le trouver. Bon, d'accord. J'ai agi sur un coup de tête et je n'aurais pas dû aller personnellement menacer ce médecin de poursuites judiciaires pour certificats de complaisance.

J'aurais dû en parler au préfet et il se serait chargé de régler cette affaire. Qu'il a dit ! L'aurait-il fait que, le temps de mettre la machine officielle en branle, le stage aurait été terminé depuis superbe lurette ! Enfin, j'ai donc reconnu ce blâme comme étant fondé. Une peccadille par rapport à ce qui me tombe dessus aujourd'hui !!!

Ce matin, Claessen envoie Chloé Lherme me remplacer en plein cours car il veut me voir d'urgence. Dès le départ, j'imagine qu'il doit être dans un état nerveux proche de celui d'un élève convoqué chez Larque. N'oublions pas qu'hier, il avait eu un inspecteur de la PJ dans son bureau pratiquement toute la journée et qu'en plus, il avait dû faire face à une révolte – vite jugulée – des élèves de troisième année.

Quand j'arrive dans son bureau, il attaque d'emblée.

– Monsieur Bartin, avez-vous choisi le métier d'enseignant pour transmettre des connaissances à des adolescents ou pour vous faire remarquer par tous les moyens possibles et imaginables ?

– Je ne vous suis pas...

– J'ai reçu hier un relevé circonstancié de vos méfaits... et gestes déplacés... durant les trois jours que vous avez passés en stage avec les élèves de troisième.

– Méfaits ?... Gestes déplacés ?...

– Je cite... Petit un : dès le départ, boit de l'alcool dans le car au vu des élèves et conclut en rotant et en disant que c'est excellent.

– Louis euh... Kleinout, je parie !

– Petit deux : chargé de l'extinction des feux la première nuit, n'y arrive que passé trois heures du matin !

– D'accord mais...

– Petit trois : pendant une série d'activités physiques, en profite par deux fois pour se rendre coupable d'attouchements sur une élève.

– Hein ? Mais je...

– Laissez-moi terminer, Monsieur Bartin ! Petit quatre : utilise des expressions déplacées pour faire taire les élèves.

– Mais...

– Petit cinq : refuse d'aider une collègue en détresse et se moque ouvertement d'elle avec les élèves présents !

Là, je me lève et j'éclate.

– C'est Deux-Zennes ! Euh, Rivion ! C'est mademoiselle Rivion ! C'est elle qui vous a envoyé cette lettre !

– Calmez-vous, Monsieur Bartin ! Elle ne me l'a pas envoyée, elle me l'a remise en main propre. Et elle est contresignée par une série de témoins.

– Pas possible ! Attouchements ? Ne me dites pas que c'est Julie Lens qui a signé pour ça !!!

28. *Journal d'Hermeline*

Que se passe-t-il ? Il y a trois jours, il faisait plein soleil avec une petite brise et maintenant, on a la tempête ! Ishak est renvoyé de l'école. Fausto, Bert et quelques autres élèves qui ont pris sa défense de manière un peu trop virulente se ramassent trois jours de renvoi. Inutile de dire que les parents de Bert et de Fausto n'ont pas pris la chose à la légère : plus de sortie et plus d'ordi (sauf pour le travail scolaire) jusqu'à nouvel ordre ! Quant à Ishak... Lui, c'est plus d'ordi du tout. Il est inscrit dans une autre école et ne prend même plus le bus avec nous. On ne le verra plus avant un petit temps.

Quand je pense que Monsieur Bartin a refusé ne serait-ce même que de nous conseiller !

– Je ne veux plus rien savoir de vos problèmes, a-t-il dit. J'en ai largement assez avec les miens !

Il ne veut plus nous parler de quoi que ce soit en dehors de son cours de français. Tu parles d'un revirement, Armand !

Aujourd'hui, j'ai reçu une lettre par la poste. Ça ne m'était plus arrivé depuis longtemps.

Chère Herm,

Inutile de te dire que ça va mal. J'ai fait une grosse connerie, je le reconnais, mais on ne m'a laissé aucune chance de me rattraper et je trouve la sanction vraiment disproportionnée.

Je n'aime pas du tout ma nouvelle école. Pendant les récrés, je reste tout seul dans mon coin. À midi, même chose. Et ma réputation m'a précédé : mon prof de math a déjà prévenu mes parents qu'il ne me laisserait jamais rentrer avec une interro et se contenterait de noter mes points au JC. Tu vois, j'ai une sale étiquette collée au milieu du front. Penses-tu que ça servirait que je me laisse pousser les cheveux pour la cacher ?

À la maison, c'est l'enfer. Mon ordi est confisqué jusqu'à je ne sais quand. C'est à peine si mon père m'adresse encore la parole. Il dit que j'ai jeté la honte sur toute la famille !

As-tu une idée de ce que je pourrais faire pour que ça s'améliore ?

Je dois encore t'avouer une chose. Ton adresse e-mail et celle des autres, c'est par moi que ce salaud de Fernand les a eues ! Il m'a menacé et j'ai eu peur. Pardon. Et le mot par lequel Larque a découvert mon blog, je suis certain qu'il en est l'auteur.

Vous me manquez pas possible tous les trois.

Ishak

Ma réponse est déjà partie. Sans la moindre idée à lui proposer pour l'aider. Sinon de laisser faire le temps.

JE HAIS CE MONDE !!!!!

Seconde partie

Six mois plus tard

29. Vacances de Pâques

De : “Jamila Djelmali” <jadjel@yahoo.fr>
À : <hermelinemarcoeur@yahoo.fr>
Objet : Coucou !

Coucou, Hermeline !

Je suis rentrée. Si tu veux, on peut se voir demain à la *Fleur en Verre* à deux heures…

Jamila

De : “Hermeline Marcœur” <hermelinemarcoeur@yahoo.fr>
À : <jadjel@yahoo.fr>
Objet : Re : Coucou !

Jamila ! Tu es rentrée ? Depuis quand ? Comment tu vas ? Où étais-tu ?

Ça t'ennuie si Fausto Baptisti vient avec moi demain ?

Hermeline

De : "Jamila Djelmali" <jadjel@yahoo.fr>
À : <hermelinemarcoeur@yahoo.fr>
Objet : Re : re : Coucou !

Je te raconterai tout demain. Je suis rentrée juste avant le début des vacances. Pas de prob pour Fausto. Bye. Jamila

Le lendemain, quand Hermeline et Fausto entrent main dans la main à la *Fleur en Verre*, Jamila est déjà là. Ce sont les grandes retrouvailles. Les questions fusent.

– C'est la police qui t'a retrouvée ?

– Même pas. Je suis revenue toute seule.

– Tu étais où ?

– Amsterdam. Je peux te dire que mon néerlandais s'est fameusement amélioré !

– On t'a enlevée ?

– Tu faisais quoi, là-bas ?

– Pourquoi tu n'as rien dit ? Pourquoi tu n'as pas donné signe de vie ?

– Écoutez, le plus simple, c'est peut-être que vous me laissiez raconter, non ?

– Vas-y !

– D'abord, je dois vous avouer que je me suis fait avoir comme une grosse débile.

– Par qui ?

– Un jeune homme.

– Qui ça ?

– Hermeline ! Laisse Jamila raconter, bon sang !

– J'ai eu le coup de foudre pour un garçon plus âgé. Je ne dirai pas son nom. Appelons-le Albert.

– On le connaît ?

– Pas du tout. Je l'ai rencontré à la fin des grandes vacances. Il m'a draguée au cinéma. Il était beau, bien habillé. Et il avait une Polo super *tunée* ! J'ai craqué.

– Ça arrive, commente Hermeline en regardant Fausto. Et pas besoin de Polo super *tunée* pour ça. Mais de là à fuguer…

– Ben oui. Quand mes parents sont partis en vacances, il m'a proposé de brosser les cours. Juste une fois, qu'il m'avait dit. Qu'on passe vingt-quatre heures ensemble.

– Juste une fois ! Tu parles !

– Ben, si tu réfléchis bien, je n'ai brossé qu'une fois. Une très longue fois.

– Vu comme ça ! Allez, continue !

– Ben, j'ai accepté et, c'était un mardi matin, j'ai préparé un petit sac avec quelques affaires et, plutôt que d'aller à l'école, je suis allée retrouver Albert. Une fois dans sa voiture, il m'a proposé une balade et… on s'est retrouvés à Amsterdam.

– Comme ça !

– Ben oui, comme ça.

– À l'aventure ?

– Non, pas vraiment. Albert, en fait, passait une grande partie de son temps à Amsterdam. On est arrivés dans une maison dont il est le copropriétaire avec deux amis. Je me suis installée pour quelques heures et… ça m'a tellement plu que quand Albert m'a proposé de rester un peu plus longtemps, j'ai accepté.

– Il a quel âge, cet Albert ?

– Vingt-deux.

– Et toi ?

– Bientôt dix-sept.

– Et tu faisais quoi de tes journées ?

– Un peu de ménage, des courses, lire, écouter de la musique. Le soir, souvent, on sortait. La vie nocturne à Amsterdam est complètement dingue !

– Et tes parents ? Il me semble que l'inspecteur m'a dit que tu avais laissé un message avant de partir…

– Non. En fait, c'est une idée d'Albert, pour que mes parents ne s'inquiètent pas trop. On a fait un saut jusqu'ici le premier week-end après mon départ. C'est à ce moment-là que j'ai laissé le message et repris discrètement une partie de mes affaires.

– Et tu ne les as plus contactés pendant tout ce temps, tes parents ?

– Si. Chaque fois qu'Albert revenait ici, il leur postait une lettre que j'avais préparée. Ils ont toujours su que j'allais bien, comme ça la police ne poussait pas trop ses recherches. Et personne n'a pensé que j'avais quitté la Belgique.

– Et la police n'a rien fait ? On a vu plein d'affiches de Child Focus !

– Je n'en sais rien. Quand j'ai décidé de rester à Amsterdam, j'ai complètement changé de look. Évidemment, on évitait d'aller dans des endroits où je risquais un contrôle d'identité. En six mois, je n'ai pas eu le moindre problème. Mais je ne sais pas si on me recherchait aux Pays-Bas.

– Et Albert, il travaillait ?

– C'est là le problème. Il m'avait dit qu'il était journaliste et que ça rapportait bien. Je l'ai cru. C'est après que j'ai pensé que je ne le voyais pas souvent écrire et qu'il ne m'avait jamais montré un article de sa plume.

– Et il faisait quoi ?

– Il dealait.

– Hein ?

– Oui, il dealait. Et pas de l'herbe : de la coke et de l'héro. Mais je ne l'ai su que plus tard.

– Et toi, tu… ?

– Non non ! Jamais ! Et lui non plus. Assez malin pour ne pas toucher à cette saleté. Non, moi, je n'ai touché à rien. Lui, il se contentait de fumer des joints en famille.

– En famille ?

– Oui. Il y avait toujours beaucoup de monde à la maison. C'était un peu comme une communauté hippie, mais les drogues dures y étaient strictement interdites.

– Ben dis donc ! Quelle expérience !

– Tu parles, Charles ! Après trois mois, j'ai commencé à en avoir un peu marre de cette espèce de vie de château. Petit à petit, j'ai compris que je ne pourrais pas passer mon existence comme ça. Mais quand j'ai dit à Albert que j'avais envie de rentrer chez moi, il a paniqué, il s'est énervé. Il avait peur que je le dénonce et que mes parents ne le fassent poursuivre pour détournement de mineure.

– Et alors ?

– Ben, il ne m'a plus laissé beaucoup de liberté. Je n'étais plus jamais seule et ça n'a fait que renforcer mon envie de rentrer.

– Alors, tu t'es enfuie !

– Non. Je l'aimais toujours. Et lui aussi. Enfin, je pense. Il y a un mois, Albert s'est fait prendre à la frontière. Il est en prison et attend son procès. C'est comme ça que j'ai appris ce qu'il faisait comme boulot entre guillemets.

– Alors, les autres t'ont laissé t'en aller.

– Oui. J'ai fait mes valises et ils m'ont donné de l'argent pour le train.

– Et tes parents ?

– C'est d'eux que j'avais le plus peur. En descendant du train, j'ai d'abord téléphoné pour prendre la température à la maison. J'ai réussi à leur faire promettre de ne pas m'engueuler si je rentrais. Je leur ai dit que j'arriverais le lendemain. Et une demi-heure après, j'étais là. Ils ont été tellement étonnés qu'ils ont tenu leur promesse.

– Ils ne t'ont rien dit ?

– Si, mais rien de bien méchant. Je leur ai juré que je ne recommencerais plus s'ils ne me posaient pas trop de questions.

– Et ça a marché ?

– On dirait puisqu'ils me laissent sortir seule. Faut jamais sous-estimer l'amour de ses parents.

– Il y a peut-être un flic qui te file ?

– Ça m'étonnerait qu'ils passent leur temps à ça. J'ai vu l'inspecteur Pontois qui a compris qu'il ne tirerait rien de moi. À moins que vous n'alliez lui parler, il ne fera jamais le lien avec Albert.

– Je comprends pourquoi tu nous caches son nom. Mais tu sais aussi qu'on ne dira rien, sans quoi tu ne nous aurais rien raconté.

– Alors, tout est bien qui finit bien !

– C'est pas encore vraiment fini.

– Ah non ?

– Il y a encore ça…

Jamila se lève, écarte les pans de son manteau et se caresse le ventre.

– Ça ne se voit pas encore. Je suis enceinte de trois mois.

30. Chatroom « La CFF »

Les meufs du moment : Jamila / Hermeline / Faktorye / Océane / Mélanie / Coralie
Les kems du moment : Bert / Fausto / Octave / Sadjat

Jamila dit : [...] Voilà, je vous ai dit tout ce que je pouvais raconter.
Octave dit : Tu caches des choses à tes amis, Jamila ?
Jamila dit : Oui, parce que c'est mieux pour tout le monde.
Sadjat dit : De quoi tu te mêles, Oct ?
Octave dit : Je rigolais. Rien n'oblige Jamila à nous raconter quoi que ce soit. Elle est revenue et on est tous très contents.
Océane dit : Le bébé, tu comptes le garder ?
Jamila dit : J'ai dépassé la période autorisée pour

une IVG.
Faktorye dit : C'est quoi, une IVG ?
Bert dit : Une Interruption Volontaire de Grossesse, ma grande. Un euphémisme pour « avortement ». Et on ne me demande pas ce qu'est un euphémisme, les incultes ! JMM !
Jamila dit : J'avais de toute manière, dès le début, l'intention de le garder.
Océane dit : Albert est au courant ?
Jamila dit : Non.
Mélanie dit : Tu vas le lui dire ?
Jamila dit : Je ne sais pas encore. Il n'a pas été cent pour cent correct avec moi. Et je ne sais même pas si je le reverrai un jour.
Océane dit : Mais comment vas-tu faire ? Être maman à 17 ans, ça ne doit pas être évident.
Jamila dit : Je ne suis pas la première à qui ça arrive.
Fausto dit : Et tes parents, ils le prennent comment ?
Jamila dit : Ça va. Ils disent que je dois assumer les conséquences de mes bêtises mais qu'ils m'aideront.
Hermeline dit : Nous aussi, on t'aidera ! Je veux bien être marraine !
Fausto dit : Et moi, parrain !
Octave dit : Et moi, euh… le grand frère !
Sadjat dit : Moi, son cousin !

Jamila dit : Vous êtes tous très gentils mais ne nous emballons pas ! On n'y est pas encore ! Je crois que c'est surtout à l'école que ça va être dur.

Bert dit : Tu rentres lundi ?

Jamila dit : J'espère ! Papa a déjà vu le préfet, juste avant les vacances. Il a promis de tout faire pour que je puisse reprendre les cours normalement malgré ma longue absence.

Coralie dit : Mais tu as raté six mois de cours ! Tu arriveras à te remettre à jour ?

Jamila dit : N'oublie pas que je recommence ma troisième. L'an passé, ça n'allait pas si mal que ça, sauf en math. J'y pense : Ishak-le-Matheux est parti en vacances ?

Hermeline dit : Il est privé d'ordi depuis fin septembre et il a changé d'école. Je t'enverrai un e-mail pour t'expliquer.

Bert dit : J'ai des nouvelles récentes. Des bonnes. Je suis passé le voir aujourd'hui. Comme il casse la baraque dans sa nouvelle école avec ses résultats, ses parents vont lui permettre de rebrancher son pécé dès lundi. Imaginez : sa moyenne en math est actuellement de 99,2% !

Sadjat dit : Purée ! C'est presque trois fois plus que moi ! Évidemment, sans pécé, il a eu du temps pour ses cours !

fernandenfer dit : salu les condus
Hermeline dit : Non ! C'est pas vrai !
Fausto dit : Au revoir à tous.
Octave dit : Tu vas pas commencer à nous les gonfler, Vanscheit !
fernandenfer dit : tu vas menenpecher negro
Octave dit : Salut, je me casse.
Hermeline dit : Fernand, aurais-tu oublié que tu as un casier judiciaire ? Que tu as été condamné avec sursis ?
fernandenfer dit : le sursi cé fini jfé rien dmal jvou zenuie un peu
Hermeline dit : Je n'ai pas l'habitude d'être grossière mais comme presque tout le monde est parti, là, je te le dis franchement : tu ne nous ennuies pas, TU NOUS EMMERDES !
Jamila dit : C'est quoi, ce bordel ?
fernandenfer dit : toi ta geul VENGANCE VENGANCE VENGANCE VENGANCE
Hermeline dit : Je t'expliquerai, Jamila. Il vaut mieux quitter. Salut.

31. Journal de Francis Bartin

[…] et pour terminer en beauté cette veille de rentrée, LA surprise des vacances ! Vers deux heures, coup de téléphone.

– Francis ?
– Oui.
– C'est Roxanne Rivion.
(Qu'est-ce qu'elle me veut, cette conne de Deux-Zennes ?)
– Euh… Oui ?
– Mon appel te surprend, je suppose.
– Il m'étonne, pour le moins.
(Apprends à t'exprimer correctement !)
– Écoute, ça fait des mois qu'on se tire la tête, et j'en ai marre. J'aimerais bien qu'on arrête tout ça.
– Et qui est responsable, d'après toi ?

– Je pense que les torts sont partagés.

– Partagés ? Ah bon ! Qui a extorqué de faux témoignages aux élèves ?

– Justement. J'aimerais qu'on règle tout ça entre quat'z'yeux. Demain, à onze heures dix, nous n'avons cours ni l'un ni l'autre. Je te propose qu'on en discute calmement. Retrouvons-nous à onze heures vingt au 117, la petite salle de réunion du premier.

– Qu'est-ce qui m'y oblige ?

– Rien. À moins que tu aies envie de régler définitivement cette histoire.

– On verra. Bon, j'ai encore du travail pour demain. Salut.

– Sa...

Je lui ai pratiquement raccroché au nez et ça m'a fait le plus grand bien. Qu'est-ce qui lui prend ? Cette Deux-Zennes qui revient à la charge après tous les ennuis qu'elle m'a causés ! Syndicat ou pas, quand on a appris que les parents de Julie menaçaient de porter plainte, la pression du préfet est devenue tellement lourde que j'ai fini par reconnaître mes soi-disant torts et que j'ai signé le rapport pour le second blâme. Qu'est-ce qu'elle me veut, maintenant ? Éprouverait-elle des remords tardifs ? On verra. Plutôt que la nuit, une bonne bière devrait me porter conseil...

Ma bière est bue. Mes cours sont prêts. Je ne sais toujours pas si je répondrai à l'invitation de Deux-Zennes demain.

32. *Lundi matin*

– Salut, Bert !

– Salut, Herm, salut Fausto. Z'êtes en retard.

– Trois minutes, même pas, commente Fausto. Herm n'était pas prête. Mais on te l'a déjà dit : si tu as peur de manquer monsieur Soussan, tu peux nous attendre directement à l'arrêt de bus.

– Oh, ça va ! Ne traînons pas, SVP ! T'as pas l'air en forme, Herm…

– C'est à cause de Fernand, répond Fausto.

– Ce type me fait peur, explique Hermeline. Je croyais qu'on en était définitivement débarrassés. Quand j'ai lu son intervention sur le chat, j'en ai eu la chair de poule instantanément.

– Que veux-tu qu'il fasse ? Suite à la baston qu'il m'a passée, il a été condamné pour coups et blessures volontaires.

– Avec circonstances atténuantes et sursis, rappelle Hermeline.

– On n'y peut rien si son père est avocat.

– J'ai vérifié : ses six mois de sursis se sont terminés trois jours avant qu'il ne réapparaisse sur le chat. Et d'après mon père, s'il s'est tenu calme pendant la durée du sursis, on efface tout. Plus de casier. Ce type est un malade ! Je suis certaine qu'il veut se venger ! Il l'a d'ailleurs clairement écrit sur le chat. Un malade, je vous dis !

– Bon, ben, appelons nos gardes du corps ! s'exclame Fausto en extirpant son portable de sa poche.

Ils rient mais Hermeline trouve que leurs rires ont une drôle de teinte jaunâtre. Ils arrivent en vue de l'arrêt de bus de la rue des Géraniums / Gérania / Géranifemmes.

– *Verdorie* ! s'exclame Bert.

– Pardon ?

– Faktorye n'est pas là ! Merde !

– C'est déjà arrivé quand elle s'était chopé la grippe, rappelle-toi !

– M'en parle pas ! gémit Bert. Dix jours sans se voir et sans chat ! Mais là, ça fait deux semaines qu'on ne s'est pas vus et j'ai son cadeau d'anniversaire ! Purée !

Hermeline ne se rappelle pas avoir vu Bert dans un tel état. Elle lui prend le bras.

– Calme-toi, Bert ! C'est un hasard. Je ne savais même pas qu'elle avait eu son anniversaire pendant les vacances.

– Elle n'en a parlé à personne parce qu'elle ne peut pas le fêter comme nous. Encore son connard de père !

– Arrête, Bert ! Tu pètes toute la boîte à fusibles d'un coup, là ! intervient Fausto.

– C'est facile pour toi ! Tu ne sais pas ce que c'est que d'être amoureux de la fille d'un fêlé !

– Oh ! Tu te calmes ? Personne t'a obligé à…

– Le bus !

Dans le bus, l'ambiance entre les trois amis est morose. Silences et regards qui refusent de se croiser. Jusque dans la cour de l'école où, pour la première fois depuis longtemps, les élèves de troisième montrent qu'ils sont toujours là : on salue bruyamment le retour de Jamila. Le média-tamtam a bien fonctionné durant le week-end. Tout se passe bien : exceptionnellement, Claude Larque se trouve dans la cour.

33. Lundi, onze heures vingt

À onze heures vingt, Francis Bartin quitte la salle des professeurs. En arrivant le matin, il n'avait toujours rien décidé. C'est quand il a aperçu mademoiselle Rivion qu'il a choisi de répondre à son invitation. Elle s'était mise sur son trente et un : tailleur strict en pied-de-poule avec une longueur de jupe frôlant le minimum autorisé par le règlement. Tenue qui a fait sensation dans la salle des professeurs.

Quand Francis Bartin arrive au local 117, la porte est grande ouverte. Roxanne se lève et lui tend la main.

– Bonjour, Francis. Ça me fait plaisir que tu sois venu.

– Bonjour, Roxanne.

Elle referme la porte. La veste de son tailleur est négligemment déposée sur la table. Sous son chemisier blanc translucide, Francis Bartin devine la couleur du dessus de ses dessous. Il s'assied le plus nonchalamment possible. Elle reste debout. Il la regarde. Elle le regarde en souriant. Elle défait un, deux boutons de son chemisier. Elle éclate en sanglots et s'enfuit en claquant la porte. Francis Bartin se précipite à sa suite, empoignant la veste du tailleur au passage. Le couloir est vide. Il entend des cris. Deux portes plus loin, il s'arrête devant la porte du bureau de madame Lherme, porte qui n'étouffe pas beaucoup les hurlements de sa collègue. Il comprend qu'il vient encore une fois de se faire avoir comme un gamin. Il frappe cependant au bureau de l'éducatrice. Chloé Lherme entrouvre.

– Fichez le camp ! Sale type !

– Mais…

– Fichez le camp ! SATYRE ! »

Elle lui claque la porte au nez. Il entend la clef tourner dans la serrure. Il accroche la veste à la clenche de la porte et retourne s'asseoir dans le local 117.

34. Lundi, début d'après-midi

Francis Bartin, qui vient d'être « temporairement relevé de ses fonctions » par le préfet, se présente chez Claude Larque. Il ignorait que le préfet de discipline était également la personne de référence de l'établissement pour les problèmes de harcèlement sexuel.

– Tu n'en rates pas une, Francis !

– Depuis que j'ai commencé ici, je rate tout ! Sur ce coup-ci, je n'ai rien fait, absolument rien !

– À entendre Roxanne…

– Elle m'en veut à mort et je ne sais toujours pas pourquoi. Elle m'a téléphoné hier après-midi, m'a proposé de faire la paix et m'a fixé rendez-vous à onze heures vingt au 117.

– Elle m'a raconté exactement l'inverse : c'est toi qui l'as appelée.

– Attends, tu as vu comment elle était habillée aujourd'hui ?

– Ce n'est pas une raison pour lui sauter dessus !

– Bordel ! Je ne lui ai pas sauté dessus ! Attends, c'est quoi, sa version ? Je peux la connaître ?

– Elle t'attendait au 117 pour la mise au point que tu avais demandée. Dès que la porte fut fermée, tu lui as demandé d'enlever sa veste pour être plus à l'aise, ce qu'elle a fait. Et tu l'as immédiatement plaquée contre le mur. Tu as essayé de l'embrasser en commençant à déboutonner son chemisier. Elle a réussi à se dégager, à sortir et à se réfugier chez Chloé. Qui était prévenue de son entretien avec toi au 117.

– Mais... c'est dégueulasse ! Et c'est prémédité ! C'est totalement faux, ce qu'elle raconte ! Je me suis assis, elle a défait deux boutons et s'est enfuie en criant et en pleurant ! Je ne l'ai même pas effleurée !

– C'est sa parole contre la tienne, et tu as des antécédents. En cas de harcèlement, c'est le harceleur qui doit prouver son innocence, pas la victime.

– Arrête ! C'est quoi, ce que tu viens de me dire ?

– C'est le règlement, Francis. Tu veux la référence du décret ?

– C'est pas vrai !

– Si...

– Attends, tu connais le film *Les risques du métier* avec Brel ?

– Un classique.

– C'est un coup monté par Rivion ! Comme la petite dans le film !

– Celle qui s'enfuit en prenant la peine de ne pas oublier son cartable ?

– Absolument !

– Et Roxanne s'est enfuie avec son cartable ?

– Non, elle ne l'avait pas.

– Et sa veste, qui l'avait ?

– Meeeeerde ! C'est pas possible !

– Bon, Francis ! Tu te calmes ! Tu m'attends ici, je reviens.

Francis Bartin attend. Sans impatience. Il a l'esprit vide. Il ne pense même pas à consulter sa montre. Quand Claude Larque revient flanqué du préfet, il ne prend pas la peine de se lever.

– Monsieur Bartin, ça va très mal ! commence le préfet.

– Et vous, Monsieur Claessen, comment allez-vous ?

– Gardez votre cynisme pour plus tard, je vous prie ! Je ne sais pas ce que je vais encore pouvoir faire pour vous !

– Je l'imagine ! Sa parole contre la mienne salie

de deux blâmes !... La réputation de votre école contre... sa veste ?

– Francis, calme-toi ! J'ai pensé à un accord à l'amiable...

35. Journal de Francis Bartin

[…] Je suis virtuellement viré. J'ai signé le document que Claessen m'a soumis. Je termine l'année scolaire dans son établissement et m'engage à ne pas y revenir lors de la rentrée prochaine. Et il étouffe le reste. Un marché de dupes. D'un dupe : MOI ! S'il pouvait étouffer Deux-Zennes ! Cette dingue a rempli son contrat. À la fin du stage Aventures avec les troisièmes, elle m'avait dit : « Vous me paierez ça, intérêts compris ! » Là, je paie les intérêts. Si j'avais eu la moindre idée du taux…

Un cauchemar. Je vis un cauchemar, là ! Je n'ai pas fait trois ans d'études pour devenir un professeur considéré comme un satyre après même pas une année scolaire ! On ne m'a pas appris à « gérer » ça, à la haute école ! On ne m'a même jamais dit que ça pourrait un jour m'arriver ! Il faudrait qu'ils rafraîchissent leurs programmes, ceux qui apprennent à apprendre…

Qu'ai-je fait qui a foiré ? Il me semble que, depuis le début, j'ai donné le maximum. J'ai toujours préparé mes cours au mieux. J'ai intéressé mes élèves. Enfin, je suppose dans la mesure où je n'ai jamais dû affronter un chahut organisé. Pour ce qui concerne les deux ou trois élèves avec lesquels j'ai eu – et j'ai encore – des ennuis, ils posent des problèmes à tous les cours, même chez mes collègues les plus chevronnés. Je me suis toujours montré correct envers tout le monde, enseignants et enseignés. J'ai essayé d'aider les élèves chaque fois que c'était possible. Peut-être un peu trop. Serait-ce cela qui a déplu ? Je ne peux pas dire m'être fait un véritable ami dans l'école depuis que j'y suis arrivé.

Et la rancune dont cette femme fait preuve à mon égard ? Qu'y puis-je si elle portait un pantalon trop serrant ? C'est vrai que j'en ris encore en y repensant. C'est plus fort que moi ! Mais je n'y étais pour rien, que diable ! Est-ce ma faute si les élèves se sont moqués d'elle ? Même quand j'ai réussi à les faire taire, ça s'est retourné contre moi : « Utilise des expressions déplacées pour faire taire les élèves ! » Et comment a-t-elle pu en arriver à mettre en scène cette agression sexuelle ? Incroyable ! Enfin, me voilà dans de très sales draps.

J'ai même pensé à démissionner immédiatement, à quitter définitivement cette école. Surtout pour m'éloigner de cette mégère de Deux-Zennes. Qu'est-ce qu'elle me prépare, maintenant ? Une tentative d'assassinat ? On peut s'attendre à tout de la part d'une parano de ce calibre ! En plus, si je partais, il n'est pas sûr que le préfet trouve un remplaçant à moins de deux mois des examens. Vengeance mesquine. Ce serait vraiment un sale coup pour les élèves que je ne peux considérer comme responsables de ce qui m'arrive. Même Julie. J'imagine sans peine la pression que Deux-Zennes a dû mettre sur elle pour lui faire dire que je l'avais tripotée !

J'ai donc décidé de rester jusqu'au trente juin et de m'en aller par la petite porte. Après, on verra. Mais d'ici là, surtout, ne plus jamais me retrouver seul à seule avec cette furie !!

36. *Mercredi*

Hermeline, Bert et tous les élèves de 3e E se demandent ce qui se passe. Hier et avant-hier, Faktorye était absente. Ce matin, en première heure, quand mademoiselle Rivion a relevé les absences, quelqu'un lui a mentionné Faktorye.

– Non, elle n'est pas absente, a répondu la prof. Il y a un avis en salle des professeurs depuis ce matin : elle a officiellement quitté l'école.

Pour Bert, ce fut comme un pavé dans la mare.

– Pardon ? s'est-il exclamé.

– Elle n'est plus officiellement inscrite chez nous. Elle a changé d'école.

– Maintenant ? À deux mois de la fin de l'année ?

– Que veux-tu que je te dise, Bert ? Je ne suis pas chargée de m'occuper des dossiers d'élèves.

Elle a probablement déménagé pendant les vacances. C'est le seul motif légalement autorisé pour un changement d'école aussi tardif.

– Mais vendredi, elle...

– Je n'en sais pas plus, Bert. Bon, prenez votre cours.

Le visage de Bert a pris la même couleur que la craie entre les doigts de son professeur.

Les cours terminés, Hermeline, Bert et Fausto décident de faire un crochet par la maison de Faktorye avant de rentrer. En arrivant rue des Lys, Hermeline demande aux garçons de l'attendre. Elle se présente seule à la porte du numéro 14. Elle sonne. Une dame d'une cinquantaine d'années vient ouvrir.

– Bonjour, Madame. Je suis une amie de Faktorye.

– *Bonjour.*

– Je viens lui apporter mes cours, qu'elle puisse se mettre en ordre.

– *Faktorye plus là.*

– Pardon ?

– *Faktorye plus là. Partie Algérie. Avec papa.*

– En vacances ? Elle revient quand ?

– *Pas vacances. Partie mariage.*

– Elle est partie assister à un mariage...

– *Partie faire mariage avec Icham.*

– Quoi ! Faktorye va se marier ?

– *Oui. Faktorye seize années. Partie faire mariage avec Icham. Prévu depuis beaucoup d'années.*

– Mais…

– Rien de plus à dire, *Aurevoir.*

La porte se referme. Hermeline sent ses jambes flageoler et s'assied sur les marches de l'entrée. Fausto et Bert arrivent au pas de course, s'agenouillent près d'elle.

– Alors ? demande Bert en essayant de garder son calme.

– Elle est partie…

– Partie ? Où ?

– En Algérie, avec son père.

– Et elle revient quand ?

– J'en sais rien. Sans doute… jamais.

– Quoi !

Bert se redresse et s'apprête à sonner. Hermeline retient son bras.

– Ça ne sert à rien, Bert. C'est la maman. Elle parle très mal le français et ne t'en dira certainement pas plus qu'à moi. Viens, on s'en va.

Hébété, Bert se laisse prendre par le bras et reconduire jusque chez lui par ses deux amis.

– On rentre avec toi ? propose Fausto.

– Non, les gars, merci. Ça va aller. J'ai besoin de réfléchir.

– OK. Si tu veux parler, envoie un SMS et on arrive.

Tout en marchant vers chez elle, Hermeline explique à Fausto la raison du départ inattendu de Faktorye.

– Un mariage arrangé ?

– Sans doute depuis fort longtemps. Peut-être depuis sa naissance, va savoir. Et elle n'était probablement au courant de rien. Sans quoi, elle nous en aurait parlé. Je l'imagine mal avoir envie de rentrer dans son pays d'origine pour épouser quelqu'un qu'elle n'a peut-être jamais vu.

– Pauvre Bert. Tu vas lui dire ?

– Je ne sais pas. Ça changerait quoi, qu'il le sache ?

37. Vendredi, fin des cours

Depuis hier, Bert est absent. Hermeline et Fausto sont passés chez lui avant de rentrer. Monsieur Verplaen leur a expliqué que Bert était nerveusement très éprouvé par le départ de sa petite amie et que le médecin avait conseillé quelques jours de repos complet.

– Euh… Il n'a pas fait de bêtise, au moins ?

– Non, ne t'en fais pas, Hermeline. Ce n'en est pas à ce point-là !

Depuis, Hermeline est totalement désemparée. Le soir, elle a parlé du problème à sa mère.

– Nous n'avons aucun pouvoir, aucun moyen de pression sur le père.

– Et ces gens qui s'occupent des droits de l'enfant ?

– Que veux-tu qu'ils fassent ? Je ne vois pas quel motif ils pourraient invoquer, quelle charge retenir contre monsieur Soussan. Ce n'est pas comme quand des gens divorcent et que l'un des parents s'enfuit avec les enfants. Et Faktorye n'est pas une fille battue ou... pire encore. Ici, les parents sont d'accord.

– La mère aussi ?

– Disons qu'elle est autorisée à être d'accord. Non, sur le plan légal, on ne peut rien reprocher au père.

– Mais c'est... c'est barbare d'obliger une fille de seize ans à épouser un inconnu !

– C'est barbare pour nous. Eux nous considèrent comme des barbares parce que nous mangeons de la viande de porc.

– Arrête, Maman ! C'est pas comparable ! Tu ne peux pas comparer un mariage forcé et une tranche de jambon !

– Malheureusement si. Écoute, Hermeline, je pense sincèrement qu'il n'y a pas de solution et que Bert ne pourra rien faire d'autre que d'oublier son premier grand amour d'adolescent. La vie n'est malheureusement pas rose tous les jours. Quand elle est grise ou noire, il faut continuer d'avancer jusqu'au moment où l'on retrouve des teintes plus gaies.

– C'est moche...

– Je n'ai jamais dit le contraire.

Hermeline n'a cependant pas baissé pavillon. Comme Francis Bartin a réussi à faire participer Faktorye au stage, il aura peut-être une idée pour la faire revenir d'Algérie. À la fin du cours de français – qui clôt également la semaine – elle s'approche de son bureau.

– Oui, Hermeline ?

Le ton de Francis Bartin est correct, sans plus. La jeune fille se rend soudain compte qu'elle ne l'a plus vu rire ni même sourire depuis longtemps. Et que son humeur est encore plus maussade depuis quelques jours.

– Je peux vous déranger un instant ?

– Je t'en prie.

– C'est au sujet de Faktorye. Vous êtes au courant de ce qui lui arrive ?

– Le bruit court qu'elle serait repartie en Algérie avec son père, où elle devrait se marier bientôt.

– Et ça vous fait quoi ?

– Là, je vais te décevoir, Hermeline : ça ne me fait rien.

– Hein ?

– Je suppose que je devrais me sentir révolté, outré, comme tu l'es certainement. Mais des circonstances que je ne peux t'expliquer, en tout cas certainement pas maintenant, font que cela me laisse totalement indifférent.

– C’est pas vrai…

– Comprends-moi, Hermeline. Il y a tellement de problèmes qui me sont tombés dessus que… je n’ai plus aucun tonus. Je me sens fatigué. Dégoûté.

– C’est ce qui arrive à Faktorye qui devrait vous dégoûter.

– Oui… Et pourtant, non. Je ne peux pas réagir.

– Alors, inutile de vous demander si…

– Non, Hermeline. Inutile de me demander quoi que ce soit pour ton amie. Et même si j’avais les ressources nécessaires, elle est déjà peut-être mariée à l’heure actuelle. Désolé. Peut-être un jour aurai-je l’occasion de t’expliquer. Allez, bon week-end tout de même.

– On croirait entendre monsieur Vansteren ! ne peut s’empêcher de lancer Hermeline d’une voix tremblante.

Elle tourne les talons et quitte la classe en courant. La remarque fait très mal à Francis Bartin, mais il ne bronche pas.

38. Samedi après-midi

Bert s'est encore absenté toute la semaine suivante puis a repris les cours vaille que vaille. Le samedi, pour le distraire, Hermeline et Fausto lui ont proposé un tour dans le centre ville. Ishak – que son père s'est enfin décidé à rappeler du purgatoire – et Jamila sont de la partie.

Après une toile, un fast-food et un tour dans les rues commerçantes, ils décident de profiter de la douceur de la soirée et de rentrer à pied tous ensemble, car Jamila dort chez Hermeline. L'ambiance est souriante au sein du petit groupe et la conversation tourne sur de nombreux sujets excepté Faktorye.

Ils viennent de quitter le centre et suivent une rue beaucoup moins animée quand une voiture s'arrête à leur hauteur. Quatre types en descendent, tout de noir vêtus. Quatre crânes rasés qui s'approchent des cinq adolescents.

– Qu'est-ce que vous voulez ? demande immédiatement Jamila.

– On ne veut rien, et surtout pas des biques !

C'est au son de sa voix qu'ils reconnaissent Fernand Vanscheit.

– Les spaghettis et les *kaaskops*[3] non plus, on n'en veut pas, poursuit-il.

– J'suis pas hollandais ! lui crache Bert.

– C'est tout comme. Par contre, Hermeline, on en veut bien ! ricane Fernand.

– Tu sais c'que ça veut dire en français, « Vanscheit » ? lui demande Bert.

– J't'écoute, *kaaskop*.

– Phonétiquement, ça veut dire « Demerde ». Fernand non pas « d'enfer » mais Fernand « de merde ».

– Attends, *kaas*, tu vas plus rire longtemps ! menace Fernand en exhibant une matraque télescopique, imité par ses trois comparses.

– Courez, les filles ! hurle Fausto.

Trop tard. Les quatre skinheads les entourent. La rue est déserte. Jamila saisit la main d'Hermeline. « On fonce ! » et elle se précipite, Hermeline à sa suite, sur la plus proche des crapules qui s'écarte et fait tomber Jamila d'un croc-en-jambe.

---

3. *Kaaskops* se traduit littéralement par « têtes de fromage ». Insulte pour désigner les Hollandais (fabricants de Gouda).

La jeune fille pousse un cri, se relève en se tenant le ventre ; son agresseur la frappe méchamment de sa matraque. Elle s'effondre et se plie en chien de fusil. Hermeline tente de s'interposer. Elle hurle les pires insultes possibles à la face du débile. Il ricane bêtement, la matraque levée.

De leur côté, les garçons dégustent aussi. Ishak est collé au mur, une arcade sourcilière ouverte. Bert est dans une encoignure de porte et essaie de repousser son agresseur à coups de pieds, utilisant ses bras pour amortir la volée qu'il prend. Seul Fausto semble limiter les dégâts face à Fernand : dès que sa mâchoire a été totalement ressoudée, son père l'a inscrit à des cours de... boxe. Mais il sait que quand un deuxième casseur rappliquera, il ne tiendra pas longtemps. Soudain, deux hommes jaillissent d'un magasin situé de l'autre côté de la rue. Ils tiennent chacun une batte de baseball. En trois enjambées, ils sont sur les *skins* qui ne font qu'illusion, s'engouffrent tant bien que mal dans leur voiture et prennent la poudre d'escampette, non sans qu'un coup de batte vienne cabosser le toit du véhicule et qu'un autre défonce le pare-brise arrière.

– Cassez-vous, vermine ! crie le plus âgé.

– Venez dans la boutique ! intime le plus jeune des deux hommes. Ma femme appelle la police et l'ambulance.

Fausto et Hermeline aident Jamila à se relever. Elle grimace de douleur en se tenant le ventre.

– Les salauds ! Les porcs ! murmure-t-elle les dents serrées.

Bert soutient Ishak à moitié groggy. Ils rentrent dans la boutique, une épicerie, suivis par le jeune batteur.

– Merri, va chercher des chaises, s'il te plaît ! Ça va aller, les enfants ! L'ambulance va arriver, l'hôpital est tout près. Mon père l'attend dehors.

Il va calmement ranger sa batte derrière le comptoir sur lequel il dépose ensuite deux matraques abandonnées par Fernand et sa bande. Hermeline le regarde un peu mieux et lui trouve un air mystérieusement familier. Un instant plus tard, le SAMU arrive et un médecin s'occupe immédiatement de Jamila qui n'a pas cessé de gémir. Un infirmier examine Ishak, toujours un peu sonné. Jamila est couchée sur une civière et transportée dans l'ambulance où Ishak, chancelant, va la rejoindre.

– Il faut prévenir les parents ! s'écrie Bert qui semble soudain comprendre ce qui vient de se passer.

La police arrive quelques minutes après le départ de l'ambulance. Deux policiers entrent dans le magasin, suivis par le deuxième ange gardien providentiel, dans lequel Hermeline, Fausto et

Bert reconnaissent, à leur grand étonnement, Nourdine Soussan, le père de Faktorye.

– Bonsoir, Hermeline. Bonsoir, Fausto. Bonsoir, Bert. Malgré les circonstances, soyez les bienvenus dans mon magasin.

– Monsieur... mais, bégaye Hermeline, v... vous parlez français !

– Évidemment.

39. Journal d'Hermeline

Quel week-end !

[...] Quand j'ai reconnu le père de Faktorye et que je l'ai entendu parler un français impeccable, j'en suis restée baba ! Pas longtemps, car il a fallu donner nos dépositions aux policiers, ce qui a pris pas mal de temps. Le grand frère de Faktorye, Hassim, avait eu la présence d'esprit de retenir le numéro de la voiture : « Une golf noire avec un coup dans le toit et le pare-brise arrière défoncé » a-t-il fièrement précisé. Un des policiers a immédiatement contacté ses collègues par radio et a communiqué le nom de Fernand Vanscheit ainsi que le numéro de la plaque et la description de la voiture. Il a dit que « ces petites frappes » devraient être arrêtées assez vite. Il était passé vingt-deux heures quand nos parents ont pu nous ramener. Nous avons tous demandé pour passer par l'hôpital où Jamila et Ishak avaient été emmenés.

C'est le père de Bert qui est allé aux nouvelles pendant que nous attendions avec impatience près des voitures. Tout allait bien pour Ishak : il était rentré chez lui après avoir été entendu par une autre équipe de policiers. Jamila, par contre, était toujours hospitalisée et monsieur Verplaen n'avait pas d'autres renseignements. Je n'en ai pas dormi de la nuit.

À neuf heures ce matin, coup de fil du commissariat : nous étions convoqués à onze heures pour identifier nos agresseurs de la veille. Pour la première fois de notre vie, Fausto, Bert, Ishak – avec un gros pansement sur le front – et moi, nous nous sommes retrouvés dans un commissariat. Un policier nous a expliqué ce que nous allions devoir faire. Un par un, nous allions passer dans une pièce munie d'un miroir sans tain. De l'autre côté de la vitre, dix personnes portant chacune un numéro. Si nous reconnaissions avec certitude un des agresseurs, nous devions simplement donner son numéro.

– Honneur aux dames ! a-t-il dit et je l'ai suivi, assez impressionnée. De l'autre côté du miroir, en ligne, les dix personnes annoncées. Toutes portaient un bonnet.

– On n'a pas trouvé assez de crânes rasés, m'a expliqué l'inspecteur. On leur a mis un bonnet pour que vous ne soyez pas influencés par la coiffure. Prends ton temps ! Réfléchis bien ! Ce n'est pas un jeu ! Tu peux envoyer quatre types devant un tribunal. Tu dois être certaine qu'il s'agit bien d'eux.

– Mais… vous savez qui c'est, puisqu'ils sont là.

– Si vous les identifiez maintenant, ils n'ont aucune chance de s'en tirer.

J'ai immédiatement reconnu Fernand. Puis celui qui avait frappé Jamila et que j'avais eu tout le loisir de contempler. Pour les deux autres, je n'étais pas vraiment certaine.

– Le 7, c'est Fernand, aucun doute. Le 2, c'est celui qui a frappé Jamila, j'en suis sûre à cent pour cent, mais les deux autres, franchement, je n'ai pas vraiment eu le temps de les dévisager.

– Prends ton temps, le commissariat n'est pas en train de flamber.

– Le 10 ! Oui, le 10 ! C'est celui qui a frappé Ishak. Ou alors, c'est quelqu'un qui a les mêmes anneaux à la même oreille.

– Le quatrième ?

– C'est celui qui frappait Bert… Je l'ai à peine vu… Non, franchement, je ne vois pas.

– OK. Tu vas patienter à côté, le temps que je

fasse passer tes copains puis la famille Soussan.

– Ils sont là aussi ?

– Oui. Ils ont accepté de témoigner.

Il m'a fait passer dans la pièce suivante. Deux minutes plus tard, Bert m'y rejoignait.

– Alors ? ai-je directement demandé.

– Le 7, Fernand. Le 4, celui qui me tabassait. Le 2, celui qui a frappé Jamila. Et le 10, celui qui a cogné sur Ishak. Immanquable avec ses anneaux. Et toi ?

– J'ai reconnu Fernand, évidemment, le 2 et le 10. Je n'ai pas reconnu le tien.

Ensuite, Ishak a reconnu Fernand, le 10 et le 2. Fausto, qui était resté le plus lucide, a reconnu les quatre sans aucun problème. Puis sont venus nous rejoindre Hassim Soussan, sa femme Merri et Nourdine Soussan. Les choix correspondaient : seuls les numéros 2, 4, 7 et 10 avaient été cités. Un policier est venu nous demander de patienter encore un peu pendant qu'on préparait les rapports à signer.

Au bout d'un moment, monsieur Soussan s'est adressé à Bert.

– Bert, a-t-il dit, vous devez me considérer comme un père ignoble.

– Euh… Pour être franc, oui. Mais je vous suis aussi reconnaissant pour ce que vous avez fait hier. Sans vous et votre fils…

– Qui sait si Allah ne l'a pas voulu ainsi ? Mais nous aurions fait de même pour n'importe qui. Vous savez, Bert, nous ne sommes pas toujours bien considérés ici, nous, les musulmans. Nous avons nos coutumes, fort différentes des vôtres bien souvent, mais nous y sommes attachés. Parfois un peu trop à vos yeux.

– Sans doute.

– Pourtant, nous partageons beaucoup de valeurs morales avec vous. Malheureusement, vous avez tendance à ne retenir que le négatif, partie émergée de l'iceberg, comme vous dites.

– Oui, c'est possible.

– À sa naissance, Faktorye a été promise en mariage au fils d'un de mes amis. Elle est maintenant l'épouse d'Icham. Je vois à votre tête que vous n'étiez pas au courant.

Là, je me suis faite la plus petite possible...

– Contrairement à ce que vous pourriez penser, Faktorye ne sera pas malheureuse. Icham a vingt ans. Il est issu d'une famille aisée. Il a reçu une excellente éducation. Il est ce que vous appelleriez un brave homme. Il sera un époux attentionné pour ma fille. Vous ne pensiez tout de même pas que j'allais donner la chair de ma chair en pâture à un charognard, j'espère !

– Euh, non, tout de même pas.

– Je respire ! Et toujours à l'inverse de ce que

vous pourriez croire, Faktorye n'a pas essayé de se révolter quand elle a appris ce qui l'attendait.

– Vous ne lui avez pas très bien appris à se révolter.

– Certainement. Au moment où je l'ai quittée il y a quatre jours, elle m'a demandé de vous faire parvenir... Je pensais vous l'apporter demain matin à l'arrêt de bus de la rue des Géranifemmes.

– Vous semblez être au courant de beaucoup de choses, Monsieur Soussan.

– De certaines seulement, mon garçon. Par exemple, je ne sais absolument rien du contenu de cette lettre, Allah m'en est témoin.

Bert a pris l'enveloppe que lui tendait monsieur Soussan. Il s'est placé dans un coin de la pièce, comme s'il était en punition, et il a lu. Puis il a fourré la lettre dans sa poche, s'est retourné, un doux sourire sur son visage. Il s'est approché du père de Faktorye, main tendue, et a dit : « Merci, Monsieur ». Je ne sais pas qui a commencé mais on s'est tous mis à applaudir.

Puis on a signé les rapports. L'inspecteur nous a dit que l'affaire allait suivre son cours, qu'il lui faudrait encore le témoignage de Jamila mais que, si nous ne retirions pas nos plaintes – certainement pas ! – les petites crapules n'allaient pas s'en tirer à très bon compte vu les circonstances aggravantes.

– Quelles circonstances aggravantes ? a demandé Fausto.

– Vous ne savez pas ? Le bébé de votre amie…

J'arrête. Je continuerai plus tard. Rien que d'y penser…

Épilogue
L'année scolaire a vécu

Francis Bartin a remis sa lettre de démission en bonne et due forme au préfet, qui lui a souhaité « bonne chance tout de même pour la suite ». Puis il est allé jeter un dernier coup d'œil dans son casier pour être certain de ne laisser aucune trace de son passage dans l'école. Il y a trouvé une lettre :

Monsieur Bartin, notre titulaire nous a appris que vous ne seriez plus là l'an prochain. Ce que nous regrettons, même si nous n'aurions plus eu cours avec vous. Nous vous attendrons le 30 juin à deux heures à la Fleur en Verre (adresse ci-dessous) pour vous dire au revoir. Signé : Les 3e C et quelques autres.

PS – Vous m'avez parlé d'éventuelles explications… Signé : Hermeline Marcœur.

Il a réfléchi cinq secondes et s'est dit : « Pourquoi pas ? Ils peuvent bien savoir, maintenant. Et certains d'entre eux en ont aussi vécu de belles, cette année. »

À deux heures, il pousse la porte du bistro, chaleureusement accueilli par une bonne vingtaine d'élèves de troisième année. Il sourit franchement. S'installe au milieu d'eux. Commande une tournée. Après une demi-heure de bavardages et de rigolades, Hermeline lui pose la question :

– Monsieur Bartin, on peut savoir pourquoi vous ne reviendrez pas l'an prochain ?

– En venant jusqu'ici, je réfléchissais à la façon dont j'allais vous raconter ça. Je me suis rendu compte que, vous aussi, vous aviez connu des moments difficiles durant cette année, Fausto, Ishak, Jamila… J'en profite pour te féliciter pour ta réussite, Jamila. Chapeau, Mademoiselle !

– Ils m'ont tous beaucoup aidée et soutenue.

– J'en suis sûr. Je voulais vous dire que, indépendamment de votre volonté, vous avez, pour beaucoup, tenu un rôle dans cette affaire.

– Nous ?

– Comment ça ?

– Monsieur Bartin ! Monsieur Bartin ! dit soudain Julie d'une voix tremblante qui provoque un silence immédiat. Je vous demande pardon, Monsieur Bartin !

Tous les autres la regardent, abasourdis.

– Bien sûr que je te pardonne, Julie. Mais jure-moi d'être un peu plus critique à l'avenir et de t'endurcir le caractère !

– Je vous le jure ! promet-elle en s'essuyant les yeux. Merci, Monsieur.

– Eh ! On veut savoir !

– Racontez-nous, M'sieur !

– Eh bien ! Toujours en venant ici, j'ai pensé que… Je vais vous faire un petit résumé de ce qui s'est passé. Mais, pour que cette histoire serve à autre chose qu'à tomber dans l'oubli, j'aimerais en faire un livre. Avec vous.

– Un livre ?

– Oui. Un genre de chronique de cette année scolaire tout de même assez particulière. Et pour ça, j'ai besoin de votre aide. Il me manque pas mal de détails. Je suppose que tout le monde a une adresse e-mail…

– Oui !

– Alors, notez tout ça sur cette feuille.

– On commence demain ! s'emballe Bert.

– Euh, non. J'aimerais prendre quelques jours de vacances, Bert, si tu veux bien.

– Certainement, M'sieur.

– Je vous contacterai dans quelques jours.

– Vous savez déjà où vous serez l'an prochain ? demande Hermeline.

– Non, mais certainement pas dans une école. Alors, je vous résume…

Table des matières